일본탈출기

일
본
탈
출
기

2015년 8월 8일 제1판 제1쇄 인쇄
2015년 8월 15일 제1판 제1쇄 발행

지은이   김장순
엮은이   김영호
펴낸이   강봉구

편집   김윤철
디자인   비단길
인쇄제본 (주)아이엠피

펴낸곳   봉구네책방(봉구네책방은 작은숲출판사의 인문 브랜드입니다.)
등록번호   제406-2013-0000801호
주소   413-170 경기도 파주시 신촌로 21-30(신촌동)
서울사무소 100-250 서울시 중구 퇴계로 32길 34
전화   070-4067-8569
팩스   0505-499-5860
홈페이지   http://cafe.daum.net/littlef2010
페이스북   http://www.facebook.com/littlef2010
이메일   littlef2010@daum.net

ⓒ김장순

ISBN 978-89-97581-78-8   03810
값은 뒤표지에 있습니다.

한 농투산이의 강제징용 수난기

일본 탈출기

봉구네 책방

책을 내며

1

아버지께서 우리 곁을 떠나신 지 8년이 되었고, 어머니도 재작년에 정읍 선산의 양지바른 쪽 우뚝한 소나무 밑에 아버지와 함께 잠드셨다. 두 분은 일제 강점기에 태어나 식민지 백성의 한을 온몸으로 겪었고, 한국 전쟁의 참혹함을 두려움 속에 감내했으며, 농투성이로 한평생 7남매의 자식들과 부대끼다가 그예 그 무거운 짐을 벗으셨다. 이제는 정읍사 박물관을 마주보는 곳에서 두 분이서 굽은 등을 서로 두드리며 동편제 계면조 가락에 맞춰 얼쑤 하며 추임새를 넣고 계실 게다.

아버지는 네 살 때 할아버지가 돌아가셔서 과부의 아들로 외할머니와 함께 장남의 무거운 책임감으로 어린 시절을 보내셨다. 그래서인지 우리 자식들 기억 속의 아버지는 늘 강인한 모습이었다. 내가 초등학교

6학년 수학여행 때 가정 형편이 어려워 서울에 못 가고 혼자 가위바위
보로 아카시아나무 잎사귀를 따내며 무료한 며칠을 보낼 때, 아버지 모
습이 지금도 선하다. 당시 작은아버지를 곰소에 있는 수산학교(지금의 고
등학교)에 보내느라 아버지는 머리도 깎지 못한 채 덥수룩한 모습으로 지
내셨다. 아들의 수학여행은 못 보내도 동생 학비는 감당하셨던 것이다.
덕분에 나는 당시 애들에게 선망의 대상이던 전차를 타 보지 못했고 또
피아노도 보지 못했다. 피아노는 중학교에 가서 보았지만 전차는 끝내
타 보지 못했다. 어른이 되면 꼭 타 보려 했지만 고등학생이 되기 직전
에 역사의 뒤안길로 사라져 버렸기 때문이다. 이렇게 책임감이 강한 아
버지는 우리 자식들의 유약함을 늘 안타까워하셨다.

약골에 비위가 약하고 입이 짧아서 우리와 식사를 함께하는 일이 드
물었던 아버지. 평생 우리 집에서 함께 사신 큰고모가 아버지 입맛에

맞게 음식 수발을 하셨다. 그래도 장남의 책임감으로 10대 후반에 큰돈을 벌겠다며 바람 찬 흥남비료공장에 가셨다가 혹독한 추위에 결핵만 얻고 돌아왔다 한다. 결국 공무원 시험 준비에 매진하여 주경야독의 독학으로 당시 읍면서기 자격시험(오늘날 9급 공무원시험)에 상위권으로 합격했다고 하니, 초등학교 졸업 학력으로는 대단한 일이었으리라. 그래서 자식들의 학업이 부진한 것을 애석해하셨고, 학교 문턱에도 못 간 어머니를 탓하기도 하셨다. 어머니가 욱하는 성격에 무뚝뚝하게 대거리를 할라치면 "니 어매 오가리 개패는 소리 좀 들어 봐. 어이구!" 하며 휙 나가 버리셨다.

  과부의 아들로 어렵게 고향의 면사무소 서기가 되었지만, 결국 아버지는 지역 유지 아들의 뒷배를 봐주기 위한 짝짜꿍에 걸려 20대 초반에 일본 오사카에 있는 '시바다니 조선소'에 징용으로 끌려가게 되었다니,

그 억울함과 분함이 오죽했겠는가. 당시 아버지 자리를 차지한 사람은 지역 유지를 넘어 전국 굴지의 언론사와 유명 대학 소유주인 인촌의 아들이었으니, 소극적인 저항에 그칠 수밖에. 더구나 늙은 외할머니와 과부인 어머니에게 피해가 갈까 봐 결국 징용에 끌려갔다. 하지만 특유의 강인함과 지혜로 밀선을 타고 일본을 탈출해 부산을 거쳐 고향에 최초의 귀향자로 돌아와 10개월의 일본 생활을 마감할 수 있었다고 한다.

2

《일본 탈출기》에 대한 에피소드가 있다. 80년대 중반에 서울의 사회과학 출판사 '학민사'에서 출간을 계획했던 적이 있다. 당시 신군부의 언론 및 문화 탄압 정책으로 진보문학을 선도하던 '창비'와 '문지'가 폐간당하면서, 그 공백을 각 지역의 문학동인들이 부정기간행물인 무크지 형태로 동인지를 발간하며 민족문학의 명맥을 이어갈 때였다. 나와 친구들이 함께했던 〈삶의 문학〉이 6호 원고를 가지고 서울의 출판사를 물색하던 중, '학민사'와 인연이 닿아 김학민 사장 댁에서 하룻밤을 자며 우리가 일정액을 부담하며 출간할 것을 논의하다가 아버지가 인촌의 아들 대신 일본에 징용 가야 했던 기막힌 사연을 쓴 《일본 탈출기》 얘기가 나왔고, 김 사장이 관심을 보이면서 줄포에 있는 우리 시골집을 찾아 겨울밤을 지내기도 했다. 한데 뜻밖에도 당시 충남 출신의 이건복 사장이 운영하는 '동녘'에서 〈삶의 문학〉 6호를 출판사 전액 부담으로 출간하기로 협의가 급진전되면서, 처음 얘기했던 '학민사'와 관계가 불편해지고, 《일본 탈출기》 출간도 없었던 일이 되어 버렸다. 그 뒤로 이

른바 '민중교육지 사건'으로 〈삶의 문학〉 동인들 다수가 해직의 시련을

겪으며 각자 생활에 바빠 동인 활동도 위축되고 교육운동 등으로 삶의

반경이 넓어지면서 《일본 탈출기》는 오랫동안 서랍 속에서 빛을 보지

못했다.

3

아버지가 70대 후반에 몇 번 책의 출간을 언급했지만, 오랜 기간 문

학계 언저리에서 침묵하던 내 처지였던지라 선뜻 나서지 못하다가, 이

렇게 아버지가 우리 곁을 떠나신 뒤에야 책을 내게 되었으니 못난 자식

으로 인해 유고집을 내는 심정은 못내 비통하다. 그래도 아버지 영전에

늦게나마 올려 드림을 한 가닥 위안으로 삼고 또 일제 강점기를 겪지 않은 후학들이 이 글을 통해 한 개인의 기구한 삶으로 우리 현대사의 아픔을 체감하고 이를 극복하는 평화의 역사를 만들어나가는 계기로 삼는다면 선친께서는 흐뭇해하실 것이다.

아버지가 남긴 원고는 일제 강점기에 교육받은 분들이 대개 그렇듯이 한자를 많이 섞어서 편지지에 쓴 것이다 보니, 다시 파일로 옮겨 적으며 한자어를 한글로 바꾸었고 꼭 필요한 한자어는 한글 옆에 한자를 나란히 적어 이해를 돕도록 했다. 그리고 일제 강점기의 풍속과 관련된 용어들은 각주를 붙여 설명했다. 아버지는 일제 강점기 교육 중 좋은 것은 메모하는 교육이라며 늘 일기를 적고 또 농사일지를 기록했다. 그래서인지 우리 집 옆 줄포중고교에 줄지어 늘어선 벚나무의 꽃이 언제 피는지를 10년 간 관찰하며 개화 주기를 파악하고, 줄포면의 역사와 풍속 그리고 사람들의 개인사까지 일목요연하게 쭉 꿰셨다. 동네 사람들은 집안의 잊어버린 제삿날을 물어 확인하기도 했고, 언쟁이나 재산 다툼 등 집안의 대소사를 아버지에게 물어 그 해결책을 찾기도 했다.

이번에 아버지 글을 파일로 옮기면서 전에 읽었던 글을 다시 꼼꼼히 확인하며, 아버지의 그 놀라운 기억력과 탐구열 그리고 고향에 대한 깊은 애정에 고개를 숙였다. 시골의 가난한 농사꾼이자 대서쟁이인 아버지의 촘촘한 기억을 통해 일제 강점기에서 최근까지 줄포의 역사와 문화가 구체적인 인물들의 복원을 통해 미시사로 되살아나게 된 것이다. 특히 《일본 탈출기》는 58세인 해방 34주년 광복절에 집필한 글을 다시 66세에 정리하고 덧붙임으로써, 우리 후학들이 일제 강점기의 아픈 현대사를 구체적인 개인사를 통해 실감나게 인식하고, 나아가 해방의 참된 의미를 찾길 일깨우려 했음을 알 수 있다. 즉, 국민들의 각성으로 민주적인 국가 또 진정한 의미의 주권 국가를 이루고, 전쟁이 없는 평화로운 세상을 만들어 나가는 것이 결국 우리가 해야 할 일인 것이다.

4

아버지는 돌아가시기 전 3년 동안 치매를 앓았다. 자식들도 몰라보았지만 그 누구에게도 웃으며 존댓말을 쓰는 예쁜 치매였다. 마지막 요양원에서도 간호사나 요양보호사에게 가장 인기 있는 할아버지였다. 아버지와 죽이 맞았던 신경림 시인이 잘 표현했듯이 '착하게 사는 게 제일이랑께'를 신념으로 일제 강점기와 한국 전쟁 등 현대사의 격랑을 헤쳐 온 삶이었다. 이웃과 고향의 모든 것들을 깊이 사랑한 '작은 사람'에

게 깊은 생채기를 낸 가해자의 얕은 꼼수는 과연 역사에서 잊힐 만한 것
인가를 죽은 혼령을 대신해 물으며 글을 마친다.

2015년 7월 26일 밤에

엮은이, 부족한 아들 김영호 두 손 모음

차례

2부 내 고향 줄포

3부 줄포 아리랑

20

신경림 시인이 쓴 시 '줄포'에 등장하는 농사꾼 대서쟁이 김장순(1923~2008) 씨는 이 글을 정리한 아들 김영호의 선친이다. 시에 드러나지 않은 선친의 한 맺힌 이야기를 그 혼령이 신경림 시인에게 들려주는 형식으로 써 보았는데, 선친이 억울하게 일본에 징용으로 끌려간 이야기를 담은 기록(《일본 탈출기》, 1987년 7월)을 중심으로 아들이 재구성한 것으로, 창비에서 2011년에 간행한 《선생님, 시 읽어 주세요》에 실려 있다.

줄포

– 농사꾼 대서쟁이 김장순 씨에게

신경림

뻘 밭에 갈매기만 끼룩대는 폐항
길다란 장터 끝머리에 있는 이 층 대서방은
종일 불기가 없어도 훈훈하다
사람들은 돈 대신
막걸리 한 주전자씩을 들고 와
진정서와 고발장을 써 받고
대서사는 묵은 잡지 뒤숭숭한 시렁에서
마른 북어를 안주로 꺼내 놓고 한마디 한다
사람은 착한 게 제일이랑께
그저 착하게 사는 게 제일이랑께
그래서 줄포 폐항의 기다란 장터
술집에서 사람들은 나그네더러도 말한다
사람은 착한 게 제일이랑께
그저 착하게 사는 게 제일이랑께

김장순의
시로 못 다한 이야기

22 긍게, 민요 기행 한다고 변산반도를 찾던 신경림 시인이 우리
둘째 애의 소개로 우리 집에 들른 게 첫 만남이었고만. 서로 촌놈
들이라 그런지 마음이 금방 통하드만. 거기다 밤새 술을 마심서
이야기보따리를 풀웅게 바로 친구가 되었지. 나이야 내가 위지
만, 마음이 맞으면 친구 아니겠어? 그 담부터 내가 같잖은 글이라
도 끄적거리면 신 시인에게 보여 주고 했지. 그런 게 인연이 되았
는지 신 시인이 나를 주인공으로 '줄포'라는 시를 썼더라고. 일제
때 보통학교(지금의 초등학교)만 겨우 나온 나 같은 무지렁이한티,
정말 영광이지. 나중엔 내가 살아온 이야기를 아예 한 편의 근사
한 글로 썼드만('신경림 시인의 인물 탐구'라는 부제로 출간된《사람 사는 이
야기》). 그럼서 고향에서 좀 떠들썩하기도 했지.

　　내가 댕겼던 줄포보통학교는 거 시 쓰는 서정주가 나온 학교

여. 그 양반 아버지가 인촌(동아일보 창업주 김성수) 집안의 마름이라 방구깨나 뀌었지. 고래등 같은 집 마당을 거니는 걸 멀리서 보면, 어린 맘에도 기가 죽드라고. 나야 네 살 때 아버지가 돌아가심서 홀어미와 살았응게 더 주눅이 들었지.

그래도 낮에는 일하고 밤에는 열심히 공부혔어. 비빌 언덕이 없응게 공부밖에 더 허겠는가. 함께 사시던 외할머니가 새벽마다 장독대에 찬물을 떠놓고 치성을 드렸지. 그 덕인지, 1944년에 '부안군 읍면서기 자격시험'에 6등으로 합격혔지. 요즘도 9급 공무원시험 합격이 쉽지 않드만, 그때는 더혔지. 그래서 고향인 줄포면사무소에 임시직으로 발령을 받았을 땐, 집안은 물론이고 동네의 경사였지.

근디 항상 좋은 일 끝에 꼭 마가 끼드라고. 전라북도에서 시행하는 강습소 수료 자격시험에 또다시 상위권으로 합격헌게, 보안면사무소로 전근이 되드만. 인자 느긋허게 정식 임명장이나 기다리자 허고 있는디, 날벼락도 유분수지, 엉뚱허게 징용 영장이 나왔드랑게. 나중에 알고 봉게 그게 결국은 음모였더라고. 고래 싸움에 새우 등 터지고, 왕솔나무 밑에서 곡식 못 자라는 거나 같은 거였드라고. 인촌 집안의 한 못난 위인 땜시 내가 대신 일본에 징용으로 끌려간 거였응게.

결국 과부의 아들인 내 처지를 한탄허는 수밖에 더 있겠능가. 1944년 10월 19일, 그 유명헌 관부연락선을 타고 부산을 떠났지. 영화에서 보믄 현해탄을 건너는 게 낭만적이지? 그치만 천하에 약골이고 비위까지 약해 입도 짧은 나 같은 사람이, 일본에서 어떻게 살아남을 수 있을지 걱정하느라 밤새 뒤척였지.

다음 날 일본의 공업 도시 대판에 있는 '시바다니 조선소'에 배치가 되었어. 전쟁 말기라 일본도 식량이 부족혀서, 배가 고파 죽을 지경이었당게. 견디다 못해 밤에 몰래 기숙사를 나와 먹을 걸 찾아다니다, 밀감 농장을 찾았는디 정말 살았다 싶드랑게. 근디 당시 일본 정부에서 밀감을 팔지 못하게 통제를 하는 거여. 그래도 어떡허겄어. 두 손 싹싹 빌며 사정사정해서 밀감 몇 개를 사가지고 기숙사 동료와 나눠 먹응게 살 것 같드만.

그나마 내가 일본어를 제법 형게 일본인 행세를 함서 밀감을 조금씩 살 수 있었지. 근디, 기숙사에서 사람들이 하도 팔라고 해서, 돈을 받고 나누어 주다 봉게 제법 장사가 되드랑게. 그럭저럭 당시 40개월 월급이 되는 1,200원의 거금을 모았당게. 하지만 뭐허겄능가. 관부연락선이 두절됨서부텀 집에 송금을 헐 수가 없었응게.

그래도 돈이 좀 모이니까 어떻게든 고향에 돌아가야겄다는 생각이 간절해지드만. 11월부터 미군 폭격기 B29들이 어찌나 공습을 해 쌓는지 무서워 살 수가 없었응게. 거기다 지진으로 땅이 갈라지고 집들이 땅속으로 꺼지는디, 정말 무섭등만. 일단 조선소를 벗어나야 살겄드라고.

이듬해 3월에 일본인들도 넋이 빠졌응게, 조선소를 무사히 탈출혔어. 그 뒤 '다까시고'와 '히메지'에서 막노동을 험서 일본을 뜰 기회를 엿보았지. 근디 연합군의 공습이 갈수록 심해지는 거여. 어찌나 폭탄을 쏟아 대는지 정말 금방 죽을 것만 갔드라고. 마침 하숙집 주인이 소개혀서, 7월 하순 '시모노세키'로 옮겼지. 그려도 조선 사람들이 있어서, 부산으로 가는 배를 수소문혔지. 그래도 고향에 갈 팔자였는지 부산으로 가는 작은 배를 구할 수 있었어. 그간 모은 돈의 대부분을 주었지만, 그 판에 돈이 무슨 문제겠능가. 마침내 일본을 탈출할 수 있었지.

이렇게 1945년 8월 10일 밤에 시모노세키를 출발혔어. 낮에는 미군의 공습 땜시 섬에 숨고, 풍랑이 잔잔한 밤에만 살살 움직였지. 열흘 만인 8월 20일 10시, 드디어 꿈에도 그리던 부산에 도착혔어. 그렇게 해방된 이후에 도착한 셈이지. 근디 이상허드라고. 해방되었다는디도 일본군이 무장한 채 경비를 서고 있어서 그런지, 해방의 벅찬 감격이나 기쁨이 도무지 느껴지지 않드랑게. 당시 부산 역 주변은 일본군이 없어서 그런지, 배설물이 가득혔어. 다들 서로 타겠다고 덤벼드는디 정말 아수라장이었지. 겨우 비집고 올라타, 대전 역에서 호남선으로 갈아타고, 21일 오후 늦게 마침내 고향에 돌아왔지.

뜻밖의 악몽으로 시작된 일본 징용이 이렇게 10개월로 끝을 맺었지. 난 그래도 천운이 따랐능가벼, 고향에 돌아와 가정을 이

루고 살 수 있었웅게 말이여. 그래서 일본 징용 체험을 자식들에
게나 전할라고 '일본 탈출기'라는 제목의 수기로 써 보았지. 근디
어떻게 알았는지 어느 출판사에서 책으로 내자며 우리집을 찾아
오기도 혔어. 잘되나 싶더니 그냥 유야무야되어 버리더라고. 처
음엔 좀 아쉬웠는디, 한편으로는 다행스럽기도 혔어. 왜냐하면
일본에 징용 가게 된 게 우리나라 굴지의 대재벌가의 음모 때문
이라고 떠들면, 서슬이 시퍼런 그 권력이 혹여 내 자식들을 핍박
하지 않을까 걱정이 되어 영 찜찜혔거든.

　그려도 이젠 이야기혀도 되겠지. 내가 인자 산 사람도 아닝게.
이미 저승에 와 있는 사람이 그간의 아픈 속사정을 말헌들, 귀신
의 넋두리를 누가 탓할 수 있었능가.

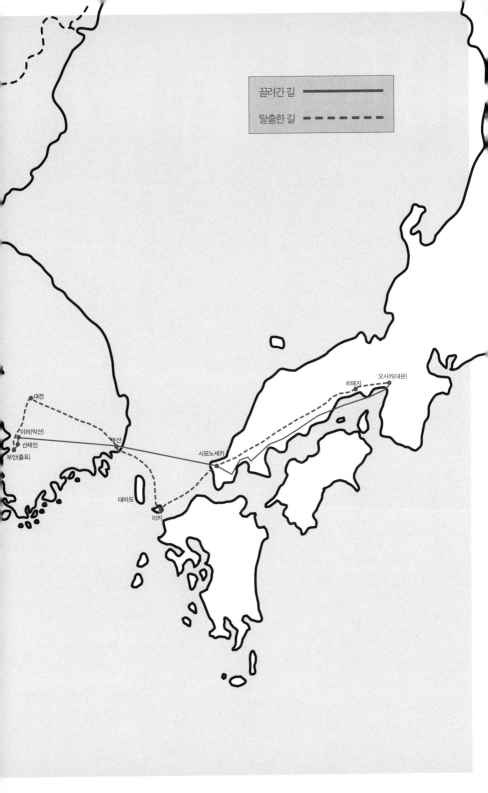

끌려간 길 ——————

탈출한 길 ― ― ― ―

대전

이리(익산)
신태인
부안(줄포)

부산

대마도

이키

시모노세키

히메지

오사카(대판)

1부

일본탈출기

일제에 의해 강제 징용된 조선인들이 1945년 8월 해방을 맞아,
고향으로 돌아가는 귀국선에서 손을 흔들고 있다.

나는 첫 번째
귀국자였다

일제 강점 35년의 철쇄에서 해방된 지 어언 34년이(이 글을 쓰던 1979년 기준) 됐다. 1년만 지나면 일제가 조국을 강점했던 35년의 세월과 맞먹는 햇수가 된다. 35년 하면 무던히 기나긴 세월로 여겼었는데 막상 지나고 보니 짧게만 느껴져, '세월은 흐르는 물과 같은 것'이 아니라 '탄환만큼 빠른 것'인가 보다.

해방되던 해에 나는 24세의 꿈 많은 청년이었다. 그런데 어느새 머리가 희끗한 58세의 중늙은이가 돼 버렸으니, 서글픔보다는 세월의 무상함만 느낄 뿐이다.

일제의 패색이 시시각각 짙어지면서, 마음은 더욱 초조해지고 가다가 죽는 한이 있더라도 조선 땅에 가야겠다는 일념으로 1945년 8월 10일, 날이 새기 전 새벽에 '시모노세키下關'에서 거룻배에 불과한 작은 발동선을 타고 밀항을 하여, 8월 20일 부산항에 닿고서야 조국이 해방된 사실을 알게 되었다.

내 고향 줄포면에서 나는 첫 번째 귀국자였다.

31

꿈에 그리던
면 서기가 되었으나

나는 1944년 4월 9일 부안군에서 시행하는 '부안군 읍면 서기 자격시험'에 응시하여, 3년제 농업학교며, 5년제 고등보통학교 출신들을 물리치고 당당히 상위권 합격의 영예를 차지했다.

보통학교(지금의 초등학교)를 졸업하고 내 딴엔 '보통문관시험'을 목표로 온 힘을 다하여 주경야독에 몰두했다. 일어판《중학강의록》이며《판임문관시험강의록》을 탐독했고 보통문관시험을 정복한 뒤엔 일본으로 건너가 고학으로 대학 과정을 마치고 '고등문관시험'에 합격해 법관이 되는 것이 내 꿈의 전부였다.

일
본
탈
출
기

그 무렵은 책값이 비싸서 책 사기가 여간 힘들지 않았다. 모쟁이, 못줄 잡기, 모추기, 김매기 등 품을 팔아 책값을 충당했고, 백로지며 벽지 따위로 노트를 만들고 파란색 물감으로 잉크를 만들어 썼다. 나무하러 갈 때도, 논밭에 갈 때도, 측간(변소)에 갈 때도 책은 항상 나와 함께 있었다. 독학에 열성을 다 바치면서 청운의 꿈에 부풀었지만 시국은 이를 허락하지 않았다. 지원병은 강제 모병으로 변하고 간선 노무자는 강제 징용으로, 일제에 의해 강제로 끌려간 여성 근로자는 소위 정신대(데이신따이)라는 미명 아래, 일본군에게 성행위를 강요받는 위안부로 처녀를 공출하는 판국에 독학이란 더 할 수 없게 되었다.

　같은 마을에 사는 이회지李會智 부면장에게 면 서기 시험이 있으니 응시해 보라는 말을 듣고, 그분의 낡은 가방과 주판을 빌리고, 이장 김보현金寶鉉 씨에게 각반(걸음을 걸을 때 발목 부분을 가뜬하게 하기 위하여 발목에서부터 무릎 아래까지 돌려 감거나 싸는 띠)을 얻어(당시 남자는 다리에 각반을 둘러야 했고 여자는 몸뻬를 입어야 했다.) 행구를 차리고는 백산면白山面 평교리平橋里 작은누님 댁으로 갔다. 4월 8일, 군청에 집합해 주의 사항을 듣고 다음 날부터 이틀간 시험을 치렀다. 응시자들은 대부분 읍내에 여관을 정하고 각기 군 직원이나 읍내 유지들에게 선을 대고 암암리에 운동을 벌이는 눈치였다. 돈이나 인맥이라곤 아무것도 없는 내가 믿을 것은 오직 실력뿐이었다.

　새벽밥을 먹고 도시락을 싸서 들고 평교에서 부안 읍내까지 걸어가는 길은 멀기만 했다. 당시엔 버스도 다니지 않았고 자전거도 없었으니 오로지 걸어서 시험장까지 힘겹게 오가야 했다. 하지만 호랑이를 잡는 데 상투에 갓이 무슨 소용이랴! 이렇게 생각하니 오히려 용기가 솟았다. 시험 결과를 나름 자신했지만 아무런 배경도 없는 것에 한 가닥 불안감이 솟는 것을 떨칠 수 없었다. 드디어 시험 결과 발표 날 부안군청 게시판에 내 이름 석 자가 분명하게, 그것도 상위권(6등으로 기억됨)에 적혀 있었다. 나도 모르게 감격의 눈물이 흘러내렸다.

이번 시험은 일단 읍면 서기 자격을 부여하는 것이었지만 거의 다 임명을 받는 게 현실이었다. 다만 합격자 각자의 능력, 소위 말하는 금력에 따라 일찍 임명되느냐, 더디게 임명되느냐의 차이가 있을 뿐이었다. 더구나 일제의 강제 징용을 피하기 위해 모두가 머리띠를 매고 달려드는 판국이었으니, 겨우 줄포면 사무소의 임시 직원으로 발령받기까지도 말 못 할 어려움이 많았다. 이렇게 쉽지 않은 상황이었지만 마침내 줄포면사무소의 정식 직원이 되었다.

당시에는 면 서기로 임명을 받으면 전주에 있는 강습소에 가서 6개월간 강습을 받아야 했는데, 어수선한 시국 때문인지 강습 기간이 3개월로 단축되었고, 8월에는 제도가 다시 바뀌었다. 도에서 시험을 관장하고 3부(전주부, 이리부, 군산부) 14군에 시험관을 파견하여 필기 시험을 치르고 합격자는 구술 시험을 치러 최종 합격자를 뽑게 되는, 그야말로 엄선에 엄선이었다. 합격자는 강습소 수료 자격을 부여하는 획기적인 제도였다. 응시자는 무려 3천여 명에 육박했는데, 최종 합격자는 불과 백 명 정도였다. 나는 또다시 상위권에 합격했다.

4월에 나와 함께 합격한 은ㅇ창 씨는 그의 부친이 주단 포목상을 크게 했는데, 당시 임ㅇ억 군수에게 많은 비단을 선사하고 조인엽(창씨개명 영정정남永井正男) 면장에게도 극진한 후대를 베풀었으니 일이 수월하게 이루어졌다. 억지 합격한 그였지만 곧 서기 임명을 받고 얼마 안 있어 산내면사무소로 전근되었다.

나는 눈엣가시 같은 존재였다. '의붓집 데려온 자식처럼' 눈치만 살피게 되고 불안감이 가시질 않았다. 시험에 두 번이나 합격했지만 별 뾰족한 수가 없었다. 임 군수는 식성 좋기로 이름난 위인이었는데, 코 밑에 진상할 힘이 없는 나로서는 속수무책이었다. 이럴 즈음 조선의 재벌 고 김성수 씨의 영식 '상○'란 분이, 명색이 최고 학부 출신이란 분이, 학도병 기피책으로 줄포면사무소 서기를 하게 되었다. 정계 요로正界要路와의 친분이나 금력 또는 어느 방편으로써도 능히 뚫고 나갔으련만 하필이면 줄포면 서기를 지망해서 나를 사지로 밀어 넣어야 했을까? 물론 유독 나라는 못난 사람을 겨냥한 것은 아니었을 거라 믿어 본다. 하지만 그 '상○'란 분이 무던히도 못나빠진 인간이라 여겨지는 것은 가문, 명예, 학벌 등 체통을 생각지 않은 것이라 보이기 때문이다.

임명장 대신
날아온 영장

그해 9월 느닷없이 보안면保安面으로 전근 발령이 났다. 곧 정

식 임명을 받는다는 것이다. 서류를 구비해 제출하고 하루가 천
년 같은 심정으로 오늘일까 내일일까 하고 가뭄에 소낙비 기다
리듯 했다. 짜 놓은 각본의 덫에 걸린 것을 어찌 꿈에라도 상상했
으랴……. 그런데 이 무슨 날벼락이란 말인가! 기다리는 임명장
대신 징용 영장이 날아왔다.

이유를 알아보니 노무계勞務係 양복현 씨가 미처 대장 정리를
하지 않았기 때문이라며, 곧 임명 단계에 있으니 군청에 보고를
해 취소시킨다는 어색한 변명만 돌아왔다. 양복현 씨를 다그치
고 욕설도 하고 멱살을 잡아 흔들어 대도 실수했다는 말만 되풀
이할 뿐, 무슨 말인가를 하려다가 그냥 우물우물 넘기는 것이었
다. 깊은 속셈은 몰라도 반드시 곡절이 있을 터였다. 하지만 가난
한 과부의 아들인 나에게 무슨 힘이 있겠는가. '물에 빠진 사람 지
푸라기라도 붙잡는 심정'으로 요행수만을 바랄 뿐이었다.

'인촌'의 아들이
내 자리에

10월 어느 날, 영장을 받은 사람들은 부안공립보통학교 교정

에 모였다. 번호순으로 심사라는 것을 받는데 아주 형식적인 것이었다. 심사관은 임 군수, 일본인 내무과장, 노무 담당자 등인데, '농업증산실천원'은 무조건 제외시키고 또 유력자의 아들도 많이 빼 주었다.

드디어 내 차례가 되었다. 임 군수의 단 한 마디 말이 내 운명을 좌우하는 순간이었다. 비장한 마음으로 잘못이 시정되기를 바라며, 부동 자세로 똑바로 군수의 얼굴을 쳐다보았다. 하지만 "후방에서 펜을 들고 일하는 것만이 보국報國이 아니오, 산업 전사로서 망치를 들고 일하는 것이 바로 애국이라"는 격려인지 훈시인지를 지껄여 대는데, 정말 뻔뻔한 군수의 낯짝에 침이라도 뱉고 싶은 심정이었다. 하지만 수많은 사람들이 모인 자리인지라 "예." 하고 억지 대답을 할 수밖에 없었다. 내가 대판(大阪, 오사카)으로 떠나고 얼마 안 있어 인촌 김성수의 아들 '김상○' 씨가 내 자리에 임명되었음은 정한 순서였다. 짜 놓은 각본에 나는 그만 꼭두각시 노릇을 한 것이다. 그때만 해도 보통학교 출신도 한 부락에 몇 되지 않은 때라서, 그들도 이장이나 농업증산실천원, 그 밖에도 몇 가지 일을 맡을 수 있는 시기였다. 차라리 읍면서기 시험을 치르지 않았더라면 이런 권력의 제물이 되지는 않았을 거라며 후회해 봤지만 '만사휴의(萬事休矣. 모든 것이 헛수고로 돌아감.)'라 모든 것이 헛수고였다.

송별식

일본으로 출발하기 전날인 1944년 10월 18일, 줄포 신사당神
社堂 뜰에서 송별식이 있었다. 줄포면에서 징용으로 끌려가는 사
람들을 모아 놓고 면장과 주재소 일본인 수석(지서장) 그리고 유
관 기관 조선인과 일본인 등 면내 유지들이 다 모여들어 판에
박은 격려사를 늘어 놓는, 형식적인 자리였다. 우리들은 풀이
죽어 우두커니 서 있기만 했다. 그네들이 뭐라고 지껄여 대는지
도통 귀에 와 닿지 않았고 1초가 10분 같고 10분은 한 시간처럼
느껴져 지루하기만 했다. 대표자 답사에 나선 나는 즉흥적으로
답사 아닌 도전적인 비꼼으로 그네들의 비위를 상당히 거스르게
했다.

"면장님을 비롯한 노무 담당자의 특별 배려와 군수님의 각별
하신 분부를 받들어 이렇게 산업 전사로 뽑혀 펜을 들었던 손에
망치를 들고 나라에 보답하게 되는 크나큰 영예를 베풀어 주시
니, 우리 무지렁이들은 정말 영광이고 감사합니다요."

너무 분하고 원통하여 말이 제대로 나오지 않았지만 내 억울
한 뜻은 내비친 셈이었다.

남산에 있던 조선신사당, 일본인들이 신사당을 참배하고 있다.

부산으로

다음 날인 1944년 10월 19일, 부안읍에 집결하여 반 편성을 하고 나는 반장으로 뽑혔다. (하지만 일본에 도착해서는 반을 축소하는 바람에 실장 노릇을 했다.) 부안을 출발해 신태인에서 일박을 한 후 정읍군 출신들과 합류했다.

10월 20일 우리를 실은 기차는 객차 20여 량을 연결해서 아주 느린 속도로 부산을 향해 달렸다. 군과 도의 노무관들은 기차 안에서 일본인 인솔자와 인수인계를 마치고 이리 역(지금의 익산역)에서 하차했다. 그때부터 일본인이 관리했는데, 사람이 많다

보니 노래를 잘하는 사람도 있고 또 재담의 명수도 있기 마련이어서 이 칸 저 칸에서 노랫소리와 왁자지껄한 웃음소리도 들렸다. 하지만 이는 결코 유쾌해서가 아니라 될 대로 되라는 자포자기의 몸부림이었다.

기찻길 옆으로는 벼 베기를 시작하는 풍경도 언뜻언뜻 비쳤다. 예전에는 11월 중순경부터 벼를 베는 것이 관행이었는데, 일제 말기부터는 조기 수확을 강력히 독려하는 바람에 그 시기가 빨라진 것이었다. 벼를 베던 손을 멈추고 밀짚모자며 수건을 흔들어 대는 중늙은이의 남정네며 아낙네들의 환송이 시야에서 사라질 때까지 멈출 줄을 몰랐다. 낫을 흔드는 사람, 빨래하던 손을 멈추고 방망이를 휘두르는 아낙네, 심지어는 기찻길 옆 오막살이에서 빗자루를 흔들어 대는 꼬마들도 있었다. 그들도 사랑하는 딸을 정신대로 빼앗기거나, 의지하던 가장과 징용때문에 생이별을 한 사람들로, 간장을 도려 내는 아픔과 슬픔으로 하염없이 눈물을 흘리며 죽음의 땅으로 가는 우리들의 앞날을 빌어 주는 것이었다. 철없는 꼬마들도 아빠를 빼앗긴 슬픔으로 저도 모르게 빗자루며 걸레쪽을 흔들어 대는 것일 것이었다. 콧날이 시큰하고 눈물이 펑펑 쏟아졌다. 우리도 모두가 한마음으로 수건이나 전투모를 마구 흔들어 댔다.

오후 늦게 부산항에 닿아 숙소를 정한 후 부근 시가를 거닐어 보았다. 부산 시민의 얼굴은 어둡고 무표정하기만 했다. 웃음을

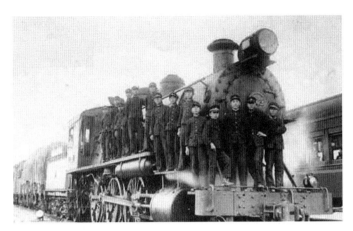

일제 강점기, 통학 기차에 올라탄 학생들

잃은 우리 동포는 농촌과 도시 어디서나 마찬가지였다. 사실 탈출할 기회는 얼마든지 있었다. 그러나 보이지 않는 철쇄에 묶인 우리들은 용기를 잃고 있었다. 신태인에서 두 사람인가 도망쳤을 뿐, 고삐 잡힌 소처럼 고분고분 예까지 따라온 것이었다. 이대로 산속 깊숙이 숨어들어 가 볼까, 망설일 뿐이었다. 붙잡히는 날엔 군산 형무소행일 것이 뻔했다. 아마 나 같은 약골은 살아남지 못할 것이다. 요행히 피할 수 있다 한들, 팔십 고령의 외할머니와 늙어 가는 어머니가 당할 고초를 생각하면 그럴 수도 없는 노릇이었다.

시모노세키에서
대판으로

1944년 10월 21일. 부산과 시모노세키를 잇는 '관부關釜 연락
선' 삼등실에서 뱃멀미로 반 죽음이 되어 비틀거리는 걸음으로
오후 늦게 시모노세키 부두 광장에 내렸다. 광장에는 각처에서
강제로 징용에 끌려온 응징사(應徵士. 일제 강점기 일본의 침략 전쟁에
협력할 것을 거부하다 강제 징용된 조선인들을 부르는 말. 해방이 되자 전국 곳
곳에서 돌아온 응징사들을 구호하기 위해 '응징사동맹'이 설립되었다.) 수천 명
이 집결하여 일본인 관리자들의 일장 훈시를 들었다. 드디어 일
본 땅에 닿은 것이다.

일
본
탈
출
기

일제 강점기, 부산과 시모노세키를 오가던 '관부연락선'

"일본 대판(大板, 오사카)이 얼마나 좋아 꽃 같은 날 버리고 연락선 타나. 나를 버리고 가시는 임은 십 리도 못 가서 발병 나네."

대판은 공업 도시다. 서울인 경성보다 대판이야말로 조선인의 동경의 대상이었음이 일제 강점기 중엽의 실정이었다. 왜놈은 돈을 주우려고 조선에 오고, 조선인은 돈을 벌려고 대판에 갔다. 그 무렵 농촌 인구가 전 국민의 85%를 상회했고 소작 제도 아래서 소작농이나 농사짓지 않는 집의 참상은 목불인견目不忍見 그것이었다. 많은 사람이 '일본에 가서 많은 돈을 벌어 금의환향해서 멋진 양복을 입고 토지를 장만한다'고 꿈에 부풀었다. 누구나 부러워했고 누구나 가고 싶은 일본이었지만 일본에 가는 일은 하

늘에서 별 따기만큼 어려운 일이었다. 당시는 관할 경찰서장의 도항渡航 증명서가 있어야 일본에 갈 수 있었다. 살다 살다 못 살아 남부여대男負女戴하고 만주 땅으로 이민 가는 슬픔도 적지 않았다. "이 녀석 만주 보낼 놈." 하고 놀려 대는 농담이 유행했었다. 이렇게 가고 싶던 대판도 이젠 지난 이야기이고, 죽으러 가는 대판이 됐다. 황혼이 깔릴 무렵 대판행 기차를 탔다. 앞으로 펼쳐질 운명을 알 길 없이 대판에서의 첫 밤을 맞이했다.

전쟁 막바지의 대판 풍경

전쟁 막바지에 접어든 대판은 우리가 생각했던 것처럼 화려하지도 않았고 애착을 느낄 아무 것도 찾아볼 수 없었다. 시가지를 거니는 행인이 많지 않아 한산했고 상가에 진열된 상품도 보잘 것 없었으며 식품점은 구경할 수도 없었다. 철저한 통제하에 배급 일색이었다. 외관상으로 볼 때, 과연 어떻게 먹고 살고 있는지 의심이 갈 따름이었다. 그야말로 '겨울 밤 불 안 땐 방처럼' 썰렁하기만 했다. 각 직장에도 대부분 몸빼(일본에서 들어온 옷으로, 주로 여성들이 노동용 또는 보온용으로 입는 바지) 입은 여직원이 차지했고 남자라곤 나이 많은 몇 사람만 눈에 띌 뿐이었다. 듣던 대로 대판은 매우 따뜻한 곳이었다. 우리가 배치된 곳은 대판부 길천구 시곡정(大阪府 吉川區 柴谷町, 오사카후 요시가와꾸 시바다니조)으로 정목丁目과 번지는 생각나지 않는다. 그곳의 '시바다니 조선소'가 앞으로 생활할 곳이었다. 조선소 부근 논의 벼 베기는 우리가 도착한 지 약 20일 후에야 시작했고 무, 배추도 새파랗게 자라 있었다. 따뜻한 가을 햇살을 받으며 15일 동안 일본인 지도원을 따라 훈련(일종의 체조 지도)을 받고, 시내를 누비며 신사당神社堂을 참배하는 등으로 소일하면서, 오락 시간에 노래도 부르는 여유를 누리면서 그런 대로 날짜를 보냈다. 학도병으로 아직 끌려가지 않은, 사각모를 쓴 남자 대학생과 역시 사각모에 사지 즈봉(바지)으로 남장男裝을 한 여대생도 눈에 띄었는데 그들의 표정도 밝진 않았다.

45

부끄러운
피지배자의 모습

훈련을 마친 뒤 곧바로 현장 생활로 들어갔다. 단번에 달라진

깃은 식사량이었다. '잡아먹으려는 개의 밥처럼' 형편없이 양이
줄어들었다. 조선소는 일본인이 약간이고 학도노력보국대(지금
의 전문대학에 해당)가 일주일에 며칠씩 동원되어 현장에 나왔다.
그 외엔 우리 조선 사람으로 채워졌다. 기숙사는 동료東寮, 서료西
寮, 남료南寮, 북료北寮의 4료寮인데, 한 료寮는 2층 건물 10여 동씩
이고, 한 동은 28실로 아래층 첫 실은 사감실 겸 의무실로, 의무
실엔 소화제나 옥도정기(어두운 붉은 갈색으로 소독에 쓰이거나 진통, 소
염 따위에 쓰이는 외용약) 정도가 약간 있을 뿐 '이름 좋은 월명 각시
(전북 부안군 내변산에 있는 월명암은 부설 거사의 딸 월명 각시가 이승의 몸을
그대로 가지고 승천의 이적을 행한 곳으로 유명하나 막상 가 보면 적막한 암자
에 불과함을 빗대어 이르는 말)'에 불과했다.

　일만 수천을 헤아리는, 강제로 징용에 끌려온 응징사의 95%
정도가 문맹자여서, 마치 조선인의 무지 전람장과도 같았다. 질
서를 세우고 규율을 지킨다는 것은 도저히 기대할 수 없었다. 대

강제 징용된 조선인들이 생활하던 수용소

변소 바닥은 배변물이 깔려 발 디딜 곳이 없었고, 소변소며 변소 부근은 말할 것도 없고 철조망 구석 할 것 없이 온통 똥 산을 만들어 놓았다. 고양이도 배변을 보고 나서 흙을 긁어 덮을 줄 아는데……. 그저 얼굴을 붉힐 수밖에 없었고 피지배자의 천성을 드러내 철저히 멸시를 당했다.

우리 기숙사에서는 반장과 실장이 연석회의를 열어 자체 청결 운동을 벌였다. 변소는 물론 기숙사 안팎을 깨끗이 하여 모범을 보이자, 사감은 우리 반장과 실장을 신뢰하고 칭찬을 아끼지 않았다. 나는 혼자서 똥오줌 가릴 줄 아는 것이 그렇게도 어려운 것인가 자문자답해 보기도 했다.

일본인보다 더
악랄한 조선인 지도원

기숙사 매 동마다 사감, 의무원(중늙은이 여인), 지도원 2명, 이렇게 일본인 4명이 있었고, 우리가 선출한 조선인 지도원이 2명 있었다. 조선인 지도원으로, 이름이 기억나지 않는 전주에서 온 사람과 상서에서 온 장 모 씨는 음으로 양으로 사람들을 들볶았다.

알량한 배급품이나마 나오면 빼돌리기 일쑤였고, 괜히 트집을 잡아 귀싸대기를 부쳐 대는 것을 수시로 했다. 돈 꿔 달라 담배 달라 해서 빼앗고, 기세등등하여 안하무인으로 권세를 피우는 것이었다. "때리는 서방보다 말리는 시누이가 밉다." 하듯이 일본인은 막상 그러질 않는데 오히려 조선인 악질들의 행패는 날이 갈수록 더했고, 일본인 지도원은 모른 체하는 것이었다.

이런 부류는 대체로 약한 자에게는 강하고 강한 자에겐 아부하는 것이어서 일본인 지도원에게는 살살 비위를 잘 맞춰 주기 때문일 것이다. 우리는 최후 수단으로 반장과 실장 일동이 모여 사감에게 정식으로 항의하기로 했다. 대략 다음과 같은 내용이었다.

1. 무능한 일본인 지도원 두 명을 교체하라.
2. 조선인 지도원 두 명은 공개 사과하고 물러나라.
3. 착취한 물품을 즉각 변상하라.

사감은 두말없이 우리의 요구를 받아들여 우리의 목적은 달성됐다. 조선인 지도원 두 사람은 무릎을 꿇고 눈물을 흘리면서 수없이 절을 해 대며 사과했다. 사감의 권유도 있고 해서 후일을 경계한 후, 조선인 지도원 두 명은 유임시켰다. 우리 반장과 실장들은 힘을 모아 어려운 일이 있을 때마다 내적으로 조용히 해결해 나갔다.

상서 사람 장 씨는 얼마 전 줄포면사무소 산업계에 근무한 일이 있고, 요즘도 부안에서 가끔 만나면 막걸리 잔을 기울이는데 그때 이야기는 아예 꺼내지도 않는다.

채소 찌꺼기를
주워 먹는 동포들

이 설움 저 설움 다 젖혀 놓고 배고픈 설움이 제일 크다고 한다. 실지 당해 보지 않고는 실감할 수 없는 것이 배고픔이다. 상전 배부르면 종 배고픈 줄 모르는 법이다. 소식가인 나 같은 사람도 끼니때면 눈물이 뚝 떨어졌다. 맹물 같은 된장국이 한 컵 정도요, 밀과 국수에 약간의 쌀을 혼합한 주먹밥 한 개 될까 말까 한 밥은, 세 살배기 배를 채우기에도 흡족하지 못할 만했다. 길가에 버려진 밀감 껍질을 주워, 때에 전 즈봉(바지)에 슬쩍 문질러 와삭 씹어 먹고, 쓰레기통을 뒤져 채소 찌꺼기를 주워 먹는 동포를 볼 때마다, 아귀로 변한 그들이 불쌍하다기보다 도리어 밉기만 했다. "아무리 목말라도 온천은 마시지 않는다"는 성현의 말씀을 들어 본 적도 없고 염치를 모르는 그들은 죽생과 다를 바 없었다. 목구멍에 풀칠하기가 더 시급하던 시절, 이들은 교육이란 받아 본 일이 없기 때문에 사려분별 따위를 모르고 본능적인 먹을 욕심에 혈안이 된 것이었다. 공출供出이란 명목으로 피땀 흘려 가꾼 양곡의 거의 전부, 대대로 물려 오던 가보와 같은 유기그릇이며 제사도구, 금은 가락지, 소, 징용이나 정신대, 학도병, 강제 모병 등으로 일제에 모든 것을 바치고서, 일본 땅에 끌려와 짐승 이하의 모습을 보이게 된 것이었다. 이곳에 끌려오지 않았더라면 이들이 조선 땅에서야 설마하니 채소 찌꺼기를 주워 먹는 따위야 있었겠는가.

월급은 30원으로 기억되는데 조선의 말단 관공리官公吏, 즉 국가공무원인 관官, 지방공무원인 리吏의 봉급과 거의 맞먹는 액수로 적은 것은 아니었으나 오직 식사가 큰 난관이었다. '긴시, 사꾸라' 등의 담배를 몇 개비씩 주는데 이걸 모으면 한 달에 4갑에서 5갑 정도가 되었고, 가끔 사탕 10여 개와 감 두어 개의 배급이 있었다. 담배는 학도근로보국대 학생들과 물물 교환하여 고구마 맛도 보고 식당에서 뒷거래로 주먹밥을 사 먹기도 했다. 식당 일꾼들은 일본인 여자와 조선인 남자가 반반 정도였는데, 그네들은 어쩌나 잘 먹는지 얼굴이 보얗게 윤기가 나고 살이 포동포동 쪄서 우리와는 정반대로 호화판이었다. 그들은 먹기 싫어 못 먹는 호사스런 팔자를 누리고 있었다. 그들은 또 뒷거래로 주먹밥을 팔아 돈도 벌었다.

한편 사무직에도 더러 눈에 띄는 동포가 있었다. 그들 역시 깨끗한 옷차림에 살이 쪘고 거지꼴인 우리를 내려다보는 데는 밸이 꼬이는 것이었다.

전쟁이 막바지에 다다른 때이지만 일요일은 꼬박꼬박 쉬었다. 그래서 일요일을 손꼽아 기다렸다. 시내 구경도 하지만 목적은 딴 데 있었다. 뭐든 먹을 것이 없나 두루 살펴보며 헤매도 전혀 눈에 띄지 않았다. 그래도 매번 일요일마다 끈질기게 쏘다니다가 드디어 노다지 판을 발견했다. 오후 5시쯤이면 된장국 집과 죽 집에서 배급을 주는 것을 알아냈다. 일본인들은 질서정연하게 줄을 서 있는데, 그 중에 조선인이 단 한 사람만 끼어 있는 것을 보기만 하면, 염치 불구하고 그 사람 앞에 새치기해 들어섰다. 이런 식으로 조선인 수는 자꾸 늘어만 가고 일본인들은 계속 뒤로 밀려 나가서, 시간이 차면 냄비를 들고 온 아낙네며 노동자와 군인 등이 말 한 마디 없이 물러서고 만다. 일본인 중에도 어떤 자는 "새치기 말라"고 고함을 지르지만, 오히려 이쪽에서 "뭐야 잔소리 말아." 하고 도리어 큰소리치면 잠자코 만다. '사흘 굶어 담장 안 뛰어넘을 놈 없단다. 너희들도 우리 신세가 되었으면 어쩔 테야.' 하는 분노심이 뭉클 치솟아 오르는 것이었다.

된장국도 사 먹어 봤다. 커다란 가마솥에 부글거리는 된장국은 회가 동하고 목구멍이 근질거린다. 파는 국물에 떠 있지만, 네

51

그릇을 먹는데 파가 두 개 들었던가 싶다. 해군 칠팔 명이 서 있는 사이에 조선인 두셋이 있었다. 물실호기勿失好機라고, 좋은 기회를 놓칠 수 없었다. 네 번 새치기를 해서 십 전짜리 네 그릇을 사 먹었다. 그랬더니 물이 사정없이 당겼다. 수도꼭지에 매달려 황소 냇물 쓰듯 마셔 대니 배는 요강 꼭지가 된다. 소변을 시원스레 눈다. 얼마 안 있어 또 목이 탄다. 자정이 넘도록 이 짓거리를 수없이 되풀이했는데도 기이하게 배탈도 나지 않고 구수한 된장국 냄새가 코끝에서 맴돌기만 했다. 이 말을 믿어 주어도 좋고 침소봉대로 과장한다고 안 믿어도 무관하다. '남대문을 본 사람만이 남대문 문턱이 대추나무인지 밤나무인지 아는 것'이니까.

밀감 장사로
큰돈을 벌었지만

나는 보통학교라도 나온 덕분에 넓은 길, 좁은 길 어느 골목을 헤매어도 기숙사로 되돌아 가는 데 걱정이 없으니, 활동 무대가 자연히 넓어지고 귀한 정종도 마셔 봤다. 마령서(馬鈴薯, 일종의

하지 감자) 한 쪽에 한 컵의 뜨뜻한 정종은 잊을 수 없는 감로주였다. 이런 재미로 무지렁이인 실원들을 데리고 시가지를 누비다가 석양엔 배급소에 줄 서는 것이 일요일의 일과가 되어 버렸다. 우리들은 후각이 예민해져서 상당히 떨어진 곳에서 풍기는 냄새를 곧잘 맡았고, 그것이 밀감인지 고구마인지를 알아맞혔다. 이런 냄새가 살며시 풍겨 오면 회가 동해서 인내하기에 무척 애를 먹었다. 실원 하나가 냄새를 따라 뛰쳐나가더니, 밀감 한 개를 십 전을 주고 사 왔다. 덕분에 실원 십육칠 명이 고루 나눠 먹었다. "콩 한조각도 나눠 먹는다"란 말이 이런 경우를 두고 생긴 말일 것이다.

53

그 뒤, 십 전씩 거둬 가지고 나간 실원이 빈손으로 돌아왔다. 금세 십오 전으로 값이 올랐고 그마저도 밀감이 떨어졌다는 것이다. 기대가 컸던 만큼 실망이 이만저만이 아니었다. 실장인 나는 일본어를 유창하게 구사하여 일본인들도 일본 태생으로 오인하였고, 내가 사무직에라도 있어서 그럴 듯하게 행세했다면 일본인으로 둔갑할 만큼의 일본어 실력을 갖추고 있었다. 실원들은 대개 문맹이었고 일본어 토막말을 알아듣는 사람이 두 명쯤 있었던 것으로 기억된다. 나는 다음 일요일 그 두 사람과 함께 '매전역(梅田 驛, 대판 역의 별칭, 우메다 역)'으로 가서 밀감을 사러 가는 사람으로 짐작되는 사람을 먼발치로 확인하고 미행했으나 교묘히 잠적해 버렸다. 실망한 실원들을 달래며 보통학교 때 배운 지리

지식으로 밀감 수산지인 '화가산 현(和歌山 縣, 와카야마켄)' 방향을 짐작으로 찾아 나섰다. '성선(省線, 전차 비슷한 것으로 10여 차량 또는 20여 차량을 연결하였고 문은 자동 개폐식)'을 타고 버스도 몇 번 갈아타고 드디어 온 산이 황금빛으로 물든 밀감 밭에 닿았다. 밀감나무는 손이 닿을 만한 것도 있고 작은 사다리를 받치고 딸 만한 것도 있었는데, 산과 언덕이 온통 밀감나무 숲을 이루고 있어 어디서 어디까지 펼쳐졌는지 도무지 짐작할 수 없었다. 그리고 움막이 여기저기 흩어져 있었다. 밀감을 저장하는 헛간인데 도난당할 염려가 없으니 개방된 상태였다. 농가에도 마루, 부엌 할 것 없이 밀감이 가득 들어차 있었다.

한 농가에 들렀으나 밀감은 통제품이라 팔 수 없다는 험상궂은 영감쟁이의 호령을 뒤로 한 채 쫓겨 나왔다. 이런 수난을 두

일
본
탈
출
기

일본의 밀감밭

서너 농가에서 또 받았지만 예까지 왔다가 그냥 돌아갈 수는 없는 노릇이었다. 마음을 가다듬고 동네에서 가장 외진 집에 찾아 들었다. 환갑쯤 돼 보이는 인자스런 노파와 아리따운 처녀 그리고 아낙네가 마당을 치우고 있었다. 처녀는 낯모를 이국 청년인 우리를 보자 얼굴에 살짝 홍조를 띠며 헛간으로 숨어 버렸고, 새댁은 우리를 외면한 채로 마당을 치우고 있었다. 과부인 그 노파는 자기 외아들도 전장에 나가고, 시집온 지 일 년도 채 안 되는 며느리와 딸을 데리고 힘겨운 농사를 짓고 있노라고 했다. 아들은 지금 지나(중국) 어느 곳에서 싸우고 있을 거라며 가만히 한숨을 쉬었다. 그리고 며느리를 부르더니 뭐라고 조용히 일렀다. 며느리는 십여 개의 밀감을 담은 그릇을 우리 앞에 갖다 놓고는 외면한 채 얼른 마당 저쪽으로 가 버렸다. 며느리는 균형 잡힌 미인형으로 나이는 우리와 비슷했다. 그날은 날씨가 다소 쌀랑거려 마당에 솔가지로 불을 피우고 모닥불을 쬐면서 인자스런 노파와 이런저런 이야기를 나눴다.

학교는 일본에서 다녔느냐, 고국에 있는 부모 형제는 무엇을 하느냐, 언제 징용을 왔느냐는 등 주로 신상 이야기를 나눴다. 그 할머니가 나를 일본 태생으로 보았기 때문에 대판의 5년제 '길천 중학교(吉川中學校, 오사카 요시가와 주가쿄)'를 나왔노라고 학력을 속이고, 대농의 아들로 편히 살다가 징용에 끌려왔노라고 거짓말을 해 대며, 할머니가 더 가져다주는 밀감을 세 개나 껍질까지 먹어

치우느라 정신이 없었다. 할머니는 동정 어린 눈으로 물끄러미 나를 바라보았다. 그러면서 밀감이 전시 통제품이라 팔 수 없다며 퍽 안타깝게 여기는 것이었다. 우리는 보시다시피 암매상이 아니며, 혹시 단속에 걸리더라도 구입처를 밝히지 않겠으며, 맹세코 폐를 끼치지 않겠노라 애원했다. 그러자 할머니는 할 수 없다는 듯 우리를 헛간으로 데리고 갔다. 이렇게 해서, 1관(3.75㎏)당 3원으로 한 사람당 6관씩을 샀다. 즈봉(바지) 양쪽 가랑이 끝을 묶어 허리띠로 조여 매니 그럴 듯한 자루가 되었다. 사실 우리는 튼튼한 즈봉 하나씩을 일부러 가지고 갔었다. 자루를 각반으로 묶어 어깨에 짊어지고 전차 길까지 약 15리 길의 신작로를 걸었다. 누구 하나 물어보는 사람도 없고 해서, 가벼운 발걸음으로 휘파람을 불며 의기양양하게 걸었다. 도중에 줄지어 귀가하는 소학교(초등학교) 학생 10여 명과 마주쳤다. 그런데 이 어린 녀석들이 일제히 손가락질을 해대며 '한또오진노 가이다시(반도인의 암매상)' 라고 야유를 하는 데는 딱 질색이었다.

밤에야 우리 셋은 기숙사에 돌아왔다. 배고픈 실원들은 우리 몫의 밥까지 나눠 먹고는 '장에 간 아버지 기다리는 꼬마 녀석'처럼 눈을 말똥거리고 있었다. 밀감 몇 개씩을 나눠 주고, 별도로 더 산 밀감 1관을 언덕배기에서 세 놈이 까먹고 가져온 껍질을 내놓으니, 환성을 지르며 먹어 치우는데, "우우." 하고 몰려드는 인파에 아찔하였다. 다들 손에 동전을 쥐고 밀감을 내놓으라며 아우성이었다. 실원 누군가가 무의식중에 '한 개에 20전' 하는 말이 떨어지기가 바쁘게 우르르 달려드는 것이었다. 모두가 한데 뒤엉켜 돈 받고 밀감을 주고 야단법석을 떨었다. 불과 10분이 채 안 되어 내 것은 바닥이 났다. 그런데도 인파는 꼬리를 물고 장사진을 치는 것이었다. "저기 보따리 내놔." 하며 반 협박조로 강요하는 통에 이제 한 개에 25전씩 또 한 사람의 밀감이 사라졌다. 한 사람 것은 재빨리 '오시이리(옷가지, 이불 등을 넣는 이불장)' 안에 넣고 그 위에 이불을 올려놓아 겨우 빼앗기는 걸 모면했다. 숨겨 놓은 밀감은 실원끼리만 10전에 나눠 먹기로 했다.

다음 날 밤, 우리 셋이서 불을 끄고 밤 11시가 넘은 뒤에 가만가만히 먹고 있는데 또 들통이 나고 말았다. 실원들이 눈에 쌍심지를 켜고 달려드는 통에 한 개에 30전씩 팔아 치웠는데, 나중에는 이불장을 샅샅이 들춰 보고 없는 것을 확인하고 나서야 물러났다. 이렇게 배도 채우고 돈 버는 재미도 보는 '꿩 먹고 알 먹기'의 밀감 장사가 돼 버려, 재치 있는 실원을 골라 때론 육칠 명이 일행이 돼 밀감 밭에 가기도 했다. 그럭저럭 수중에 1,200원이란 거금이 모아졌는데 당시로는 40개월 월급에 해당하는 큰돈이었다. 전쟁이 치열해지면서 진즉에 '관부연락선'이 두절된 때라, 조선에 있는 집에 송금을 못 하는 것이 무척 안타까웠다.

이 돈을 몽땅 보내 줄 수만 있다면, 외조모님은 "아니 우리 외손주놈이 이렇게 많은 돈을 보냈어? 어허 장허다 장히어. 그렇게 인자 우리도 부자 되었다이." 하며 춤이라도 추었을 것이다. 아마 논밭도 사고 살림살이가 엿가락 늘이듯 쭉 피었을 것이고 가난 에서도 벗어났을 것이다. 그러나 두 차례 50원 정도밖엔 송금을 못 했다. 이런저런 생각이 머릿속을 맴돌아 한동안은 밤마다 허 황된 꿈을 꾸기도 했다.

폭격의 공포도
점점 무뎌지고

11월에 들어서면서 연합군의 공습은 점점 심해졌다. 미군의 B-29 폭격기는 엄청난 공포를 안겨 주었다. 때리는 매보다 겨 누는 매가 더 무섭다고 한다. 사실이다. 크게 부수는 것도 아니고 소규모로 신경전을 벌였다. 하룻밤에도 몇 번이나 물이 고인 방 공호 속에서 시려 오는 발가락을 고무 구두 속에서 옴지락거려 야 했고, 싸늘한 밤공기에 떨어야 했다. 2층 다다미방은 춥기만 했다. 겨우 온기를 찾을 만하면 고막을 찢는 사이렌 소리가 대판 천지를 들었다 놓았다 하는 것이었다. 죽음의 그림자가 살금살 금 다가오는 것만 같아 부르르 몸을 떨었다. 이 공장에서 '뚜~', 저

1945년 6월 1일, 오사카를 폭격하는 B-29 폭격기

공장에서도 '뚜~', 넓은 대판의 모든 사이렌이 울려 퍼졌다. 그야 말로 사이렌의 사면초가였다.

하룻밤에도 몇 번씩 두서너 대 또는 네댓 대의 B-29 폭격기가 웅장한 자태를 과시하면서 소형 폭탄 몇 개쯤을 떨어뜨리고 유 유히 사라졌다. 사람은 어떤 환경에 오래 젖으면 저도 모르는 사 이 거기에 동화되기 마련인 것이어서, 차차 대피 횟수가 줄어들 고 아예 신발을 신은 채 잠자리에 드는 게 습관이 돼 버렸고, 가 까운 곳에서 포탄 터지는 소리가 날 때만 억지로 대피하게 되었 다. 그동안 애써 수집한 일어판《생명의 실상》약 30권과 20여 권의 문고판을 종잇값의 헐값으로 처분하고, 트렁크와 옷가지뿐인 간난한 행장을 꾸려 만일의 사태에 대비했다.

일은 고되지 않았으나

현장에서 하는 작업이란 철판이나 나무토막 등을 나르며 일본
인들의 보조 노릇 정도여서 그리 고될 것은 없었다. 문제는 배가
고프니 아무런 의욕도 나지 않았고, 감시원의 눈을 피해서 오막
살이 집채만큼 커다랗고 미지근한 기름 탱크에 기대어 조는 것
이 일과의 대부분이었다. 농사일에 비긴다면 현장 열 사람 일이
한 사람 농부 몫도 안 되었다. 차라리 십분의 일 정도로 인원을
줄이고 그 인원수대로 급식을 해 준다면 능률도 오르고 우리도
뼈저린 굶주림에서 해방될 터인데, 무작정 인력 투입만 하는 어
리석음을 저지른 것이다. 침구는 한 사람당 두 장씩으로 깔고 덮
고 하는데, 이불 속은 닭털이 주이고 오리털도 조금 넣었는데 이
불 속이 이리 몰리고 저리 몰려 울퉁불퉁하니 체온 유지가 제대
로 될 리 없었다. 이렇게 공습에 떨고 추위에 떨어야만 하니, 수
면 부족으로 얼굴과 손발이 부어오르고 머리는 멍하니 무겁기만
했다. 종전에 일본에 와 봤던 사람이나 일본에 연고가 있는 사람

중에 탈출자가 늘기만 하는데, 잡혀 오는 사람은 한 명도 없었다. 탈출자가 쓰던 이불들은 속 털을 꺼내 가거나 천을 가져가기도 하고, 날쌘 놈이 차지하여 조선인이 밀주 만드는 집의 술값으로 또는 도박 밑천으로 썼다.

조선소 동쪽 모퉁이를 돌아 나오면 남쪽으로 가는 버스길이었다. 십 미터쯤 가면 파출소가 있었고 또 그 앞을 지나 약 오륙백 미터쯤에 조선인 집 두세 채가 있었는데, 말 그대로 빈민굴로 가옥 구조며 가재도구 등이 조악하고 불결하기가 말로 할 수 없었다. 그들의 생업이 무엇인지 알 수 없었으나, 좌우간 밀주를 담가 우리에게 팔았다.

도박꾼들

기숙사는 도박이 성행하여 많은 사람이 거기에 휩쓸렸다. 소방서 직원으로 근무하다 징용으로 끌려온 전주 사람은, 대형 트렁크 두 개에 가득 채운 쓸 만한 양복 등속을 노름으로 몽땅 털어 바치고 홑바지로 떨어야 했다. 어떤 사람은 졸지에 부자가 되어,

시내에서 더러 구할 수 있는 축음기를 틀고 호기를 부리다가도, 며칠 후엔 알거지가 되기도 했다. 하긴 목숨이 경각에 달렸으니 생사를 누가 알며 고향 땅을 다시 밟는다고 어찌 기약하랴……. 오직 오늘이 있고 이 순간만이 있을 뿐이었다. 한 오라기 희망조차 잃어버리고 체념의 구렁텅이에 빠져 허우적거리는 군상群像들이었다.

50세 남짓한 사감은 얼굴이 아주 잘 생긴 데다 온화하면서도 위엄을 갖춘 선비였다. 보통학교 교장 선생님 같았다. 도박꾼이 발견되면 사감실로 데려다 잘 타일렀다. 도박꾼들은 파수꾼을 세워 놓고 사감이 오는 기척이 보이면 후다닥 치워 버렸다. 사감의 야간 순시가 잦아지자 이번엔 철조망 울타리 옆 외진 곳으로 몰려 들었다. 어떠한 방법으로도 이를 말릴 재간이 없어 도박 열기는 날로 더해 갔다. 나는 우리 실원들에게 단단히 일러 장난 내기조차 하지 못하게 했다.

자신의 딸을 주겠다던
일본인 조장

12월에 발자국 눈이 내리기 시작하더니 추운 줄 모른다는 대판에도 추위가 찾아왔다. 발목이 묻히게 내리는 눈에 추위는 더 심해졌다. 수십 년 만에 처음 당하는 일이라고 했다. 현장에서는 얼마나 묵었는지 관솔로 찌든 토막 난 목재를 패서 불을 쬐는 일이 일과처럼 되어서, 말하자면 공밥 먹고 공짜 월급을 타는 셈이었다. 일본인들도 우리를 나무라기는커녕 함께 불을 쬐며 시간을 보냈다.

"일본은 전쟁에 진다. 장차는 미국과 소련 양국이 싸움을 붙고 어느 한쪽은 망한다." 일본인 조장은 가끔 이런 말을 했다. 담뱃불을 붙여 권하면 머리를 조아리며 몇 번이나 고맙다는 말을 되풀이하며 한 개비를 가지고 대여섯 번 나눠 피웠다. 때로 몇 개비의 담배를 한 번에 주면 입을 함박만큼 벌리고 무슨 보물단지나 되는 것처럼 소중히 간직하곤 했다. 그 무렵 나는 담배를 피우지 않았다. 나이 차이를 떠나 마치 친구처럼 농담도 하고 흉허물 없는 이야기도 곧잘 나누었다. "일본 태생인가, 일본서 학교를 나왔느냐"며 고향 소식도 물어보곤 했다. "아주머니는 예쁜가, 자녀는 몇인가?" 하고 내가 물으면, 조장 자신도 잘 생겼지만 자기와 달리 마누라는 미인이고, 딸만 다섯인데 모두 일등 미인이라며 자랑했다. "못난 아들 열 두면 뭐하나 우리 딸은 모두 효녀이고 여고 출신인데 공부도 썩 잘했노라"는 등 가끔 딸 자랑을 했다.

어느 날, 찐 고구마를 가지고 와서 나눠 먹는데 '딸 하나 줄 터이니 일본에서 살 생각은 없느냐'고 농담을 걸어왔다. 나는 그저

웃어 넘겼다. '미군이 점령하면 남자는 불알을 까고 여자는 데려
간다'는 말은 사실 소문이었지만, 당시 우리는 이 풍설을 전적으
로 믿고 있던 참이었다. 그는 '스파이들이 조작해서 풍설을 퍼뜨
린 것이니 믿지 말라'면서 사위가 되어 주길 바라는 뜻을 은근히
비췄다. 조장이 하는 말은 농담 속에 진담이 있었다. 그는 허튼소
리 한 번 않는 사람이었다. 내가 형제가 많은 처지였다면 그의 말
을 따랐을지도 모르는 일이었다. 그러나 내 머릿속은 온통 탈출
생각만으로 가득 채워져 있었다.

공습으로
불타는 대판

1944년 12월 중순 어느 날 밤, 드디어 올 날이 오고야 말았다.
초저녁부터 몇 차례 사이렌이 울렸으나, 될 대로 되라며 꼼짝 않
고 누워 있었다. 11시쯤 됐을까, 시내의 모든 사이렌이 자지러지
게 울려 퍼지는데 "대공습이다. 빨리 피하라"는 사감의 다급한 목
소리가 들려오고 "대 공습, 대 공습." 외쳐 대면서 다들 방공호로
달려갔다. "공습경보, 공습경보, 대판경시사령관 발령, 적기 대

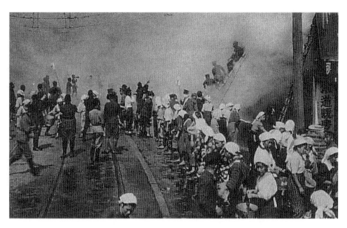

1942년, 공습에 의한 화재 진압 훈련을 하는 일본인들

편대 내습 중"이라며 라디오에서는 공습경보를 숨 가쁘게 되풀이했다.

B-29 폭격기 20여 대가 편대를 이루고 옆으로 줄을 지어 나란히 서쪽 하늘을 덮으며 날아왔다. 대판 상공에 이르러 소이탄(탄 내부에 인화성 물질이 들어 있어 탄이 떨어진 주변에 불이 나 피해를 주는 무기)을 일제히 투척하고 동쪽으로 사라졌다. 소이탄은 비행기에서 떨어지는 순간 활짝 불꽃을 피우고 국수가닥처럼 불꽃을 늘어뜨리며 땅으로 낙하한다. 그야말로 하늘은 휘황찬란한 꽃밭이 된다. 잠시 후, 땅 위도 꽃밭을 이룬다. 소이탄은 직경 30㎝ 정도, 길이 50㎝ 정도의 원통형 함석으로 돼 있는데, 그 안에는 갖가지 비단 천

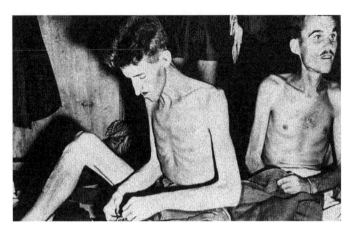
일본군에게 포로가 된 연합군. 제대로 먹지 못해 갈비뼈가 앙상하게 드러났다.

이 철사처럼 줄줄이 꽉 들어차 있고, 거기에 누르스름하고 찐득찐득한 액체가 묻어서 물체에 닿으면 떨어지지 않고 오랜 시간 탄다. 비행기에서 떨어뜨리면 곧바로 뚜껑이 열린다. 이렇게 소이탄 편대가 지나간 다음엔 또 다른 편대가 꼬리를 물고 날아와 폭탄을 떨어뜨린다. 약 삼사십 분 동안 파상적인 공습을 감행했는데, 몇 천 대가 한꺼번에 몰려온 것인지 몇 십 대가 계속 선회하는 것인지 도무지 알 수 없었다. 천지를 뒤흔드는 폭탄 터지는 소리로 하늘은 깨지고 땅은 무너지는 것이었다. 마침내 B-29는 '오키나와' 쪽으로 유유히 사라지고 공습은 끝났다.

폭탄 소리는 사라졌어도 대판은 시시각각 잿더미가 돼 가고

있었다. 불바다가 된 시내는 대낮보다도 환한 게 찢어지게 밝기
만 했다. 기왓장, 나뭇조각, 큰 대들보가 총소리를 내면서 하늘
높이 솟았다가 떨어졌다. 당시 대판의 집들은 거의 목조 건물이
었다. "뚝딱, 뚝딱, 투두두, 퉁." 불 튀김 소리. 거대한 불기둥이 상
공에 치솟으며 꼬리를 쳤다. 수억의 헤아릴 수 없는 불길들은 성
난 이리처럼 혓바닥을 날름거리며 모든 물체를 몽땅 삼켜버렸
다. 불이 물체를 삼키는지, 물체가 불길을 삼키는지 분간할 수 없
었다. 타고 또 타고 성난 파도처럼 타오르기만 했다. 대판은 완전
히 잿더미가 될 것인가? 바닷가 일부를 빼놓고는……. 불과 삼사
십 분의 짧은 시간에 대판이란 큰 도시를 죽음으로 몰아넣다니,
무서울손 공습이로다!

  네로(로마의 5대 황제. 그리스도교를 박해하고 로마를 불태운 폭군으로 원
로원에서 추방당한 후 자살)의 불구경쯤이야 어찌 이에 비하랴. 그가
생존해서 이걸 봤더라면 이거야말로 전무후무한 참 불구경이라
감탄한 나머지 발광하고야 말았을 것이다. 조선소에는 진수進水
를 앞둔 군함과 조선 중인 것도 몇 척 있었는데, 빗나간 소이탄
몇 개가 떨어져 바로 진화했고, 단 한 개의 폭탄에도 피폭되지 않
고 무사했다. 우리는 이 황홀하고 웅장하고 또 처참한 불구경에
넋을 잃고 시간 가는 줄을 몰랐다. 내가 글재간이 있어 이 날 밤
의 참상을 표현했다면, 한 권의 책을 만들고도 남음이 있었을 것
이다.

소선소에는 연합군 포로 천여 명이 있었다. 복장이나 모자는 그들 나라의 군복과 군모이고, 코빼기가 주먹처럼 튀어나온 구두를 신었다. 얼굴 색깔은 백색, 흑색, 황갈색 등이고 키가 구 척이나 될 성싶고, 몸뚱이가 깍지동만큼 큰 거인부터 우리네 조선 사람 비슷한 체구의 사람까지 가지각색이다. 미군의 카키복이며, 파란색과 갈색 복장에 모자도 복장에 따라 제각기 달랐다. 눈이 휑하고 시든 나뭇잎과 같은 몰골로 걸음걸이는 아주 둔하기만 했다. 작업 현장에 나올 때와 작업을 마치고 돌아갈 때는 줄을 서서 혀가 잘 돌아가지 않는 일본 말로 번호를 붙이는데, 느리거나 틀리면 목검 세례를 받았다. 키가 작은 일본인 감시원은 목검을 휘둘러도 분이 풀리지 않는지, 거구의 포로를 끌고 나와, 목재 더미 위에 올라서서 따귀를 때리기도 했다.

연합군 포로들은 주로 철판과 목재 따위를 운반하는 일을 했는데, 일본인 감시원들은 사사건건 트집을 잡아 따귀를 때리고 목검을 휘둘러 댔다. 우리는 비가 조금만 내려도 공장 안으로 비를 피하는데, 포로들은 세차게 내리는 비가 아니면, 내리는 비를 맞으며 작업을 계속했다. 그들은 우리 조선 사람에게 "다바꼬, 다바꼬." 하며 담배를 달라고 애원했는데, 감시원이 무서워 주질 못했다. 간혹 피우던 담배꽁초를 슬쩍 땅에 떨어뜨릴 양이면, 포로들은 얼른 주워 몇 모금 빨아 댔다. 그러다 들키는 날엔 복날 개 패듯 두들기고 어느 '한또오징(반도인, 조선 사람)'이 버렸느냐고 호

통치는 서슬에 그만한 선심조차도 쓰기 어려웠다. 포로들끼리 싸움질하는 것도 몇 번 보았는데 흑인보다는 백인 거인족들의 싸움이 많았다. 마치 황소 싸움 같았는데 오래 가진 않았다. 싸우는 걸 본 일본인 감시원들이 맹호처럼 달려들어 싸우는 사람들을 녹초가 되도록 두들겨 댔기 때문이다. 조선소엔 이처럼 많은 연합군 포로들에다 또 끌려온 우리 조선인들이 함께 있었기 때문에, 연합군 측의 그 끔찍한 공습을 모면한 게 아닌가 싶다.

69

공습으로
폐허가 된 대판

그날 밤의 대공습 후로는 폭탄 몇 개를 던져 신경을 건드리는 정도였는데, 이럴 즈음 지진 피해도 입었다. 전선이 끊기고 땅이며 벽이 갈라지고 거창한 건물과 집채만 한 철제 기름 탱크가 흔들흔들 금세 넘어질 듯 하는 것이 정신이 몽롱해져 몸을 가눌 수 없었다. 만약 크게 무너져 아수라장이 된다면, 일본인들이 무슨 꼬투리를 잡아 우리 동포와 포로들에게 해를 입힐지 모를 일이었다. 조선소 안에는 무서운 일본 헌병대가 도사리고 있지 않은

가. 관동대지진 사건이 떠오르사 겁이 너럭 났다. 나행히 큰 피해 없이 지진이 멈추었다.

대공습을 겪고 여러 날이 지난 일요일에 우리들은 잿더미가 된 시내 일부를 돌아봤다. 사방 오 리 또는 사방 십 리 정도 넓이로 군데군데 타 버린 흔적이 뚜렷했다. 마치 팔십 넘은 노인의 이빨처럼 듬성듬성했다. 흔적만 희미한 채 타나 남은 건물 모습이 개를 잡으려 끄슬린 것처럼 보였다. 담뱃잎을 쌓아 둔 연초하치장은 여름 농가 마당에 모깃불로 피운 보리 괴끼(벼, 보리, 옥수수 따위 곡식의 수염 부스러기)가 타는 것처럼 모락모락 타고 있었고 엿이 녹아 조그마한 마당만 하게 흘러내렸고, 자전거, 재봉틀, 쇠뭉치 등 쇠붙이는 타나 남은 뼈다귀마냥 엉성한 흔적을 남기고, 여기저기 수도 파이프에서는 며칠 전의 참상에도 아랑곳없이 물을

일
본
탈
출
기

1945년 6월, B-29 폭격기의 공습으로 폐허가 된 오사카

뿜어내고 있었다.

눈에 띄는 것은 온통 새까만 쇠붙이뿐이었다. 피혁 공장이었던가 짐승 가죽이 수천 장씩 쌓인 채로 불에 탔는데, 푹 꺼지지 않고 그대로 흔적을 간직한 채 불그레한 물이 고여 있었다. 더러는 천 따위가 뭉게뭉게 연기를 내며 타고 있었는데, 풍겨 오는 고약한 냄새는 뭐라 표현할 수 없었다. 가지각색의 이상야릇한 냄새, 퀴퀴하기도 하고 노린내와 함께 송장 냄새 같은 냄새 하며, 여러 가지 냄새가 뒤섞여 머리가 지끈거리고 구역질이 나며 현기증이 일었다. 이 견디기 힘든 판 속에서도 사람들은 엿을 주워 먹고 담배를 주워 피웠다. 사람 그림자도 없고 개미 새끼 한 마리 없는 그야말로 죽음의 땅이었다. 그 불더미 속을 헤쳐 나올 수 없었으니 시민 대다수가 타 죽었을 것이다.

식량 사정은 더욱 절박해졌다. 부안군 하서면 의복리에 사는 애기 아빠는(워낙 키가 작아 가끔 '꼬마'라고도 불렸다.) 깡통을 만들어서, 밤이면 인근 밭에서 '파'를 슬쩍 훔쳐 와 소금을 넣고 끓여 먹었다. 소금은 식당에서 뒷거래로 구했는데, 이것이 유일한 조미료였다. 알량한 사탕 부스러기나 담배의 배급량도 줄어들기만 했다. 애기 아빠는 키는 작아도 동작이 매우 민첩해서 밤마다 우리 실원들에게 '파국'을 먹여 주었는데, 냄새를 피우지 않기 위해 밖으로 나가 철조망 울타리에 모여 먹어야만 했다

진짜 환자, 가짜 환자

사람이 많이 모여 생활하다 보니 간질병 환자도 적지 않았다. 2층 맨 끝 방을 환자실로 썼다. 그 중에는 가짜 환자도 섞여 있어서, 우리는 알고 있었지만 밀고하지는 않았다. 우리 방은 2층이었는데, 어느 날 같은 실원인 이〇엽이가 빨래를 널다가 추락했다고 야단법석이 났다. 이웃 동네에서 자란 사이라서, 그가 심술궂고 엉뚱한 짓을 잘한다는 걸 알고 있는 나는, 연극이라고 금방 짐작했다. 그는 다친 곳도 없고 의식도 멀쩡한데 눈을 뒤집어 까고 침을 흘리고 있었다. 그를 들것에 싣고 의무실에 있는 노파와 함께 병실로 가면서 '덴깡보오샤(간질병자)'라고 둘러댔다. 조선소 내 병원에 가서는 "눈을 감고 숨도 제대로 쉬지 말고 게거품만 자꾸 내라"고 일렀더니, 내가 시키는 대로 멋지게 잘 해냈다. 병원이란 게 일본인 의사 한 명에 간호사 두엇인데 약품이나 의료 시설은 형편없었다. 의사는 눈꺼풀을 한번 까보더니 두말없이 "덴깡(간질)." 하는 것이었다. 약 이십 일 후에 진짜, 가짜 모두 조선으로 귀국했다.

그들을 보내 놓고 나서 나는 무척 고심했다. 꾀병을 낼 것인가? 전시라 해서 다 죽는 것은 아닐 테니 좀 더 일본 땅에 있어 볼 것인가? 그때는 공습의 공포를 겪지 않았을 때라 결단을 내리지 못

하고 우왕좌왕하는 사이에 '관부연락선'이 끊겨 버렸다. 이제 후회해 봤자 만사가 허사가 되어 버렸다. 버스 회사에 근무하다 징용에 끌려온 전주 사람인 반장은 나와 뜻이 맞는 친구였다. 우리는 여러 차례 함께 머리를 맞대고 탈출 모의를 하면서도 정작 실행에 옮기지 못한 채 날짜만 흘러갔다.

어느 비가 촉촉이 내리는 날 현장에서 돌아오는 길인데, 흙투성이가 된 간질병 환자가 게거품을 품어 대고 있었다. 몇 발자국 걸어오다 아무래도 낯익은 사람 같아서 되돌아갔다. 얼굴을 닦고 살펴보니 전주 사람인 반장이었다. 그도 가짜 환자가 되어 환자실 신세가 되었는데, 내가 도망칠 때까지 생고생을 하고 있었다. 그는 부산으로 가는 연락선이 두절된 줄 몰랐기에, 가짜 간질병 환자로 고생만 지지리 하다가 해방 후에야 귀국했다. 한국 전쟁 후 전주 길거리에서 우연히 그를 만나서 들은 이야기였다.

탈출 준비

기아와 공포 속에서도 세월은 흘러 1945년 3월이 됐다. 나는 드디어 조선소 탈출을 실행에 옮겼다. 옷가지를 소포 우편으로 보내는 것처럼 포장해서 발신인과 수신인의 주소와 성명을 써서 들고 나섰다. 속셈을 모르는 수위는 우체국 작업이 안 된다며 일러 주는데, 허실 삼아 우체국에 가 보겠노라 시치미를 떼고 태연히 정문을 나섰다. 골목에 이르러 소포 포장지를 찢어 개천에 버리고 역으로 갔다. '가고가와껭 다까사고賀古川縣 高砂'행 열차에 몸을 실었다.

보따리를 시렁에 얹고 막 자리에 앉는데, 가는 날이 장날이라고 옆자리에 순사가 앉는 것이었다. 가슴이 철렁 내려앉았다. 당황하지 않을 수 없었다. 차창으로 얼굴을 돌리고 바깥 풍경을 음미하는 것처럼 꾸밀 수밖에 별 도리가 없었다. 이 순사가 말을 걸어오면 뭐라 대답해야 할지, 보따리를 보는 날에는 어떠한 변명도 통할 리 만무한 까닭에 오직 요행수만을 빌고 있었다. 다행히 다음 역에서 그 순사는 하차하고 종점까지 몇 사람의 순사가 승하차했는데, 이들은 벙어리인지 말 한 마디 건네는 자가 없었다. '다까시고'에서 북쪽으로 약 한 시간쯤 버스를 타고 공사장인 소위 노가다 판에 이르렀다. '다까시고'는 지금의 부안읍보다 약간 작은 소도시인데, 얼마 후 공습으로 폐허가 된 곳이다. 조선에 있을 때, 김태훈의 계모인 태인 댁의 친정 조카가 있는 노가다 판의 주소를 알았기에, 지난 일요일에 찾아가 미리 연락을 해 놓고 오늘은 옷가지를 옮긴 것이다. 그날로 일찍 조선소로 돌아왔기에 일본인들이 눈치를 채지는 않았다. 다만 가짜 환자 노릇을 하고

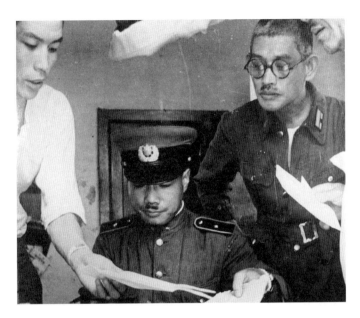
일본 순사

있는 전주 사람 반장과 우리 실원들에게는 사전에 알렸다.

이야기가 나온 김에 일본인 순사(소위 오마와리 상)에 대해서 보고 느낀 점을 적어 보는 것도 결코 무익한 일은 아니라 생각돼 두서없이 이야기해 보련다.

일본 경찰은 세계 제일이라고 그들이 자부했고, 이는 세계 각국이 한결같이 인정했다. 일본에 체류하는 외국인들의 일거수일투족은 빠짐없이 포착되었는데, '시모노세키'에 내릴 때부터 출국할 때까지 짐꾼에서 여관 심부름꾼, 여급까지 전부 경찰이었더라는 외국인의 회고담을 읽은 바 있다. 그 당시 조선에는 각 경찰서마다 고등계 형사가 사상범을 색출했고 일본에는 조선계(후에 반도계)란 게 있었는데, 일본 경찰이 징용으로 끌려간 조선인에겐 도무지 무관심한 것을 이해할 수 없었다. 밀감 자루를 버스나 전차 시렁에 얹어 놓아도 '오불관언吾不關焉, 옆에서 일어난 일을 모른 척함.'이요, 조선소에서 도망간 자가 한 사람도 잡혀 오는 일조차 없었으니 말이다.

그 무렵 조선에서는 쌀 몇 되, 콩 한두 되의 자루도 빼앗기고 주재소에 끌려가 곤욕을 당했다고 한다. 순사나 형사에겐 조선인 밀정(일본어로 '밋데이', 보통 '밋대'라 했다.)이 있었는데, 일본인 순사보다 조선인 형사가 더 무섭고, 그보다 더 귀찮은 것이 밀정의 행패였다. 주재소로 불려 가면 잘잘못을 따지기 전에 매를 맞는 게 보통이었다. 따귀 맞고 발길질을 당하는 것쯤은 약과요, 말로는 다할 수 없는 고문을 해댔다. 경찰서는 바로 지옥이요, 잘해야 연옥이었다.

다시 이야기는 일본 땅으로 되돌아간다. 1944년 겨울 어느 일요일 오후, 우리 일행 다섯 명은 밀감 자루를 짊어지고 전철역을 향해 가는데 넓적넓적한 눈이 탐스럽게 쏟아져 시야를 가렸다. 운전수 차림의 사내가 저만치서 걸어오는 게 보였다. 그런데 딱 마주치니 순사가 아닌가. 순사에게 체포된 것은 이것이 처음이

자 마지막이었다. 아마 그곳이 밀감 주산지였기에, 식량 통제를 위해 단속하였을 것이라 여겨진다. '고오반쇼(우리나라의 파출소)'에 가게 됐는데 순사는 앞서서 뒤도 돌아보지 않은 채 터벅터벅 걸어가기만 했다. 선두에 섰던 나는 후미가 되어 되도록 느린 걸음으로 따라갔는데, 서너 채의 민가가 있는 곳에 다다랐을 때에는 약 삼십 미터 정도 거리가 벌어졌다. 나는 재빨리 골목길로 도망쳐 집 모퉁이에 숨었다. 십 분쯤 되었을까? 자루를 짊어진 이종구 李鍾九가 내가 숨어 있는 곳 십여 미터 앞을 스쳐 밭을 가로질러 도망치다가 눈 속에 폭삭 고꾸라졌고 뒤쫓던 순사도 두 번이나 넘어졌다. 엉겁결에 넘어진 순사를 일으켜 주고 눈을 털어 내고 얼굴도 닦아 주며, 다정한 친구인 양 손을 잡고 천천히 걸어갔다. 그러다 마음이 다급해진 나는 손을 놓고 살금살금 집 쪽으로 다가갔다. 마루에는 환갑쯤 되어 보이는 영감과 나이 지긋한 여인이 큰 화로를 끼고 잡담을 나누고 있었고, 방 안에서는 식식거리는 애들의 말소리가 새어 나왔다. 빠끔히 열린 헛간으로 슬쩍 숨어들었다. 한쪽엔 농기구 따위가 있었고 이쪽으로 밀감이 가득 쌓여 있었다. 자루를 짊어진 채 구석에 쪼그리고 앉았다.

"올해는 웬 놈의 눈이 이렇게 쏟아진담."

"글쎄 말이여. 좋은 조짐인지 나쁜 징조인지, 원 참."

"함박눈이 개고 나면 또 추워지겠지요?"

아스라이 대화 소리가 들려왔다. 그러다 깜빡 잠이 들었던지,

인기척에 깜짝 놀라 정신을 차렸을 때는, 겁에 질린 꼬마 옆에 영감쟁이와 여인이 노려보고 서 있었다. 불안과 피로로 깊은 잠에 빠졌던 것이다. 더구나 밀감 자루를 메고 있었으니 도둑으로 오해받을 만했다. 극구 변명해서 겨우 오해는 풀렸으나 그 영감쟁이는 험상궂은 얼굴로 '고오반쇼'에 가자고 다그쳤다. 여인의 만류로 '고오반쇼'에 가자는 다그침은 멎었지만, 영감쟁이는 욕설을 퍼부으며 헛간 밖으로 나갔다. 그 여인은 영감이 심술이 사나워 곧 순사를 데리고 올 것이니 빨리 이곳을 피하라고 했다. 마침 부안군 하서면 사람 셋이서 저만치 지나가는 게 헛간 창살 너머로 보였지만 불러 세울 수는 없는 상황이었다. 결국 헛간을 나와 눈 덮인 논밭을 마구 가로질러 산길로 들어섰다. 해가 질 무렵이라 차가운 북풍이 몰아쳤다. 추위에 떨며 겨우 역을 찾아 한 시간가량 연착한 전차를 타고 밤 아홉 시쯤에야 대판에 도착했다.

대판에 도착하자마자 공습경보 사이렌이 울려 퍼지고 동시에 암흑 세계가 되어 버려 역의 출구를 찾을 수 없었다. 개펄에 널려 있는 게가 사람 기척이 나면 한순간에 구멍을 찾아 자취를 감추듯이, 북적거리던 그 많은 사람들이 다 어디로 사라졌는지 물어볼 사람조차 없었다. 넘어지고 자빠지며 다다른 곳이 철길 건널목이었다. 자루 밑바닥의 밀감은 이미 개떡이 돼 버렸다. 가는귀먹은 육십여 세의 간수에게 큰 소리로 길을 물어봤으나 조선소지리는 깜깜 무소식이었다. 그래도 그 간수와 밀감을 나눠먹고 더운 물로 추위를 풀었다. 철길을 기준으로 어림짐작으로 방향을 잡아 가다가 드디어 낯익은 신사당神社堂 부근에 이르렀다. 이렇게 갖은 고생 끝에 네 시간 만에 겨우 기숙사로 되돌아왔다.

　시계는 새벽 한 시를 가리키고 있었다. 얼마 있으니 하서 사람 셋이 돌아오고, 새벽 두 시가 넘어서야 이종구가 눈물을 글썽이며 들어섰다. 하서 사람들이 밀감을 쏟는 사이 이종구가 도망치고, 그를 뒤쫓는 사이 하서 사람들이 피한 것이었다. 붙잡혀 '고오반쇼'에 간 이종구는 매 맞을 각오를 했는데, 밀감을 쏟아 놓게 한 다음 밀감을 어데서 구했느냐고 묻는 것 같아서 '오사카'라고 하니 고개를 갸웃거리며 십 전짜리 동전 몇 닢을 주더란다. 이종구가 나도 돈이 있다며 꺼내 보이니 고개를 끄덕이며 잘 가라며 손짓을 하더란다. 이렇게 무섭고 힘든 하루를 보낸 뒤, 우리는 밀감을 사다 파는 일을 그만두었다.

　노가다 판에 있을 때의 순사 이야기가 또 있다. 부근에서 두 청년이 소를 훔쳐다 도살한 사건이 있었다. 그 청년들의 눈물을 손수건으로 닦아 주며 연행하는 순사는 마치 소학교 선생님이 학생을 대하는 것만 같았다. 조선소에서 점심은 여러 채의 식당에서 일본인과 조선인이 함께했는데, 떠들든 말든 일본인들은 그저 조용히 도시락을 먹었다. 때론 식당에서 '조용히 해.', '뭐야 건방진 자식이.' 하며 말다툼이 일어나기도 했다. 그러면 우르르 둘러싸고 평안도와 함경도 패들은 박치기로, 경상도 패는 발길질로 쌈질을 한다. "이겨라, 이겨라." 고함을 질러 대고 사태가 험해지면 그제야 헌병이 쫓아와 연행해 갔다. 하지만 꾸중은 일본인 감시원들이 당했고, 싸우던 조선인은 곧 풀려났다. 일본인들은 될 수 있는 한 징용 온 조선인들을 건드리지 않으려 조심했다. 아니 무시하는 셈이니 경원시했다는 말이 옳을 것이다.

일본인들에게 받은 인상

일본인을 '시마구니 곤죠(섬나라 근성)'가 있는 족속이라고 우리들은 흔히 욕을 해댔다. 조선에 나와 있는 일본인에게 좋지 못한 인상을 가졌던 나는 막상 일본의 도시와 농촌을 돌아보면서 본토 일본인을 대해 겪어 본 뒤 깊은 감명을 받기도 했다. 물론 일본 제국은 우리에게 불구대천의 원수이지만, 일본인 모두를 증오하기만 해서는 안 되겠다는 생각이 들었다. 그들에게서도 배울 점은 배워야 하고 또 그들을 잘 앎으로 해서 '지피지기 백전백승 知彼知己 百戰百勝' 하는 지혜를 가져야 한다고 생각한다. 그들은 하나같이 친절했다. 전차나 버스에서 곧잘 그들과 이야기를 나누었는데, 헤어질 때는 아버지나 어머니뻘 되는 나이에도 일어나서 인사를 했다. 길을 물으면 가던 걸음을 멈추고 자상하게 일러 주고 약도까지 그려 주며, 잘 모를 것 같으면 일러 드리지 못해 미안하다는 말을 되풀이한다. 귀찮을 만큼 친절했고, 절대로 애매모호한 말이 없으니 자기앞 수표라 할 것이다.

"대단히 미안합니다만 만원입니다."

여자 차장(버스 안내양)의 안내 말에 버스 승강대에 한 발을 디밀었다가도 얼른 내려서고서 불평 한 마디 없다. 둘만 모이면 줄을 서며, 차가 터질 듯이 승객을 태우는 짐짝 버스는 상상조차 못 할 일이다. 차 안이나 극장에서나 사람이 있는지 없는지 알 수 없을 만큼 조용하여, 땅바닥에 떨어지는 바늘 소리도 들릴 정도였다. 떠들어 대는 것은 오직 우리 조선인들뿐. 게다가 그들의 독서열은 가상할 정도였다. 차 안에서 책을 읽지 않는 사람이 흔치 않았다. 기침이 나면 손수건을 입에 대고 소리를 내지 않도록 조심하고, 휴지나 손수건에 침을 뱉어 호주머니에 간직했다. 길가나 공원, 놀이터 어디를 봐도 휴지 조각이나 담배꽁초가 눈에 띄지 않았다. 농촌에서 측백나무로 울타리를 한 집 담장이나 대문을 봐도 개똥 하나 구경한 일이 없었다. 패전이 눈앞에 다가와도 당황하거나 서두르지 않고 태연자약하게 자기 할 일에만 열중하는 나름의 금도襟度를 갖고 있었다.

공동묘지에는 우리나라처럼 묘가 있는데 조그마했고, 더러 평

전형적인 일본 묘지

지에 표석表石을 세운 묘도 있었는데, 들꽃을 놓고 합장하고 절하며 나지막한 소리로 조용히 명복을 비는 여인네들의 경건한 모습은 옷깃을 여미게 했다.

심산유곡에만 절이 있는 걸로 알았는데 대판에는 시내 여러 곳에 절이 있었다. 절 이름이야 많겠지만 동쪽에 있는 절을 '히가시 혼간지(동본원사, 東本願寺)' 서쪽에 있는 절을 '니시 혼간지(서본원사, 西本願寺)'로 위치에 따라 부르는 절을 구경한 적이 있고, 많은 신사당도 둘러보았는데, 참배자들은 한결같이 진지한 태도였다. 무당집에 모인 여인네들은 지껄이지 않고 조용히 단정하게 앉아서 앞에 그려진 신주의 화상畵像에 큰절을 했다. 벽에 커다란 인

센닝바리를 만드는 일본인 여성들

물 화상을 붙여 놓았는데, 우리나라 간장 깍쟁이('종지'의 전라도 사투리)보다 조금 큰 것을 가지런히 늘어놓고 조대(대나무로 만든 담뱃대) 같은 걸로 타악기를 치듯 가만가만 두드리면 "떵똥." 하며 음악 소리가 났고 무당은 주문을 외워 댔다.

특히 전장으로 가야 하는 소집 영장을 받은 젊은 장정을 가운데에 앉히고 가족 친지들이 상을 빙 둘러앉아 일본 국가를 부르며 소위 '센닝바리(천인침千人針. 천 사람이 한 바늘씩 떠서 武運長久 등의 문자를 수놓았는데, 실이나 바늘 그리고 천을 들고 길가에 서 있으면 행인들이 한 바늘씩 떠 주기도 했다.)'를 매어주고 술잔을 나누며 앞길의 행운을 빌어 주었다. 전장에서 수많은 젊은이들이 매일 '키 큰 삼대(삼베를 만드는 삼나무 줄기) 쓰러지듯' 죽어 가고, 남양군도(南洋群島, 태평양 미크로네시아의 여러 섬들) 외딴 섬에서 전원이 죽어 옥쇄玉碎하는 불길한 소식이 들려오는 때인데도, 그들은 눈물 따위를 비치는 일이 없었다.

무엇보다도 그들의 단결력은 높이 평가해야겠다. 그들이 뭉치는 힘은 다이아몬드도 능히 자를 정도였다. "중국인 한 사람이 일본인 열 명을 당하고, 일본인 두 사람은 이십 명의 중국인을 당해 낸다"는 말이 결코 헛된 말이 아니란 것을 알 수 있었다. 더구나 예의 바르고 상냥한 일본 여자의 애교는 세계 어느 민족도 감히 흉내 내지 못할 것이다. '집은 양옥, 음식은 중국요리, 마누라는 일본 여자로'라는 말은 정곡을 찌른 말이다.

나는 그들을 추켜세우려는 게 아니다. 오직 그들의 장점을 타산지석으로 삼아야겠다는 뜻에서 사족을 달아본 것임을 밝힌다. 물론 그들의 친절이 자기 나라를 넘어서면 잔인함으로 바뀌고, 그들의 단결력이 남의 나라를 침략해 혹독한 지배자로 군림했음을 잊어서는 안 된다. 패전 후 그들의 인사는 '사이겡(재건, 再建)'으로 바뀌었다. 무서운 민족임을 잊어서는 안 된다. "미국을 믿지 말고, 소련에 속지 말라. 일본이 일어나니, 조선아 조심하라"는 해방 직후 우리 사회에 널리 불렸던 노래를 지금의 우리는 재음미해야 한다.

노가다 판으로

노가다 판으로는 아무 때나 가게 돼 있었다. 다만 트렁크를 가지고 가는 일이 남았다. 가짜 간질 환자인 전주 사람 반장의 협조를 구했다. 조선소 탈출 전야, 기숙사 복도를 막 나서는 찰나, 순시하는 사감을 만났다. 얼른 트렁크를 어두운 벽 쪽으로 돌리고 배를 움켜쥐고 앉았다. "실장, 웬일인가?" 하며 묻는 사감에게 배탈이 나서 변소에 가야겠다며 둘러댔다. 약이 있는지 찾아보겠으니 사감실로 오라는 사감을 지나쳤다. 아래층에서 어둠 속에서 대기하던 반장에게 트렁크를 넘겨주고 개구멍을 뚫고 나가 철조망 밖에서 트렁크를 받아 들었다. 이미 말해 둔 동포의 집에 트렁크를 맡기고 무사히 기숙사로 돌아왔다. 그날 밤이 깊도록 실원들과 석별의 정을 나누었다.

다음 날 조선소 현장에 가서는 배탈을 구실 삼아 기숙사로 되돌아온 뒤, 약국에 가야겠다는 핑계로 정문을 빠져나왔다. 서종렬(徐鍾烈, 동생뻘로 귀국 후 서울로 이사 간 후 사망)도 데리고 나왔는데, 그는 어느 비 내리는 일요일 시내에서 우연히 만나게 돼 나를 따라나선 것이었다. 이때부터 팔자에 없는 노가다 생활로 내 운명이 바뀌었는데, 노가다 판은 조선소와 달리 매우 어수룩해서 현장 인원의 곱절 정도나 되는 식량을 배급받았기 때문에, 정말 오랜만에 콩을 드문드문 놓은 쌀밥을 배불리 먹었다. 거기에다 김치나 콩나물, 하지 감자 등의 반찬도 실컷 먹을 수 있었다. 김치는 딱딱하게 마른 무 잎사귀에 고춧가루는 눈에 넣을 약만큼이나 조금 뿌렸고, 국은 햇볕에 기른 빨랫줄처럼 긴 콩나물을 소금만 넣고 맛을 낸 것이었지만, 그간 배고프게 살았던 나는 아주 달게 먹어치웠다. 대판 생활 육 개월 동안 구경조차 못했던 진수성찬이었다.

노가다 판은 비행장 터 닦기 작업장으로, 일꾼은 약 이십 명 정도였다. 진짜 노가다꾼은 십여 명 정도였고 나머지는 조선에서 돈을 벌려고 온 농촌 출신이었고 여기에 징용에서 도망쳐 온 우리 두 사람이 섞여 있었다. 모두 힘깨나 쓰는 사람들 속에 유독 나 혼자만 허약한 약골이었다. 이 노가다 노동이 나에겐 어찌나 힘에 겨웠던지 여러 가지 문제가 생겼다. 흙을 가득 실은 '도로꼬(레일 위를 달리는 궤도차)'를 밀다가 전신에 힘이 쭉 빠지는 걸 느끼는 순간, 차량이 내리막길을 쏜살같이 구르게 되면, 나와 짝패 두 사람은 얼른 '도로꼬' 뒤쪽에 올라탔다. 이렇게 굴러가다 굽잇길에서는 한쪽에 힘을 주어 균형을 잡아야 하는데 힘이 부족해 결국 짐차는 뒤집어졌고, 나는 짝패와 함께 저만치 떨어져 뒹굴었다. 이런 사고가 여러 번 있었다. 사고가 나면 뒤에서 줄줄이 따라오던 짐차는 정지대를 힘껏 쥐어 급정거를 시도하지만 급경사에서는 멈출 수가 없어 10여 대가 연속으로 뒤집어지는 것이었다. 부상자가 나지 않은 것만도 천만다행이었다. 다들 짐차를 다시 레일 위에 올리고 쏟아진 흙을 실으면서 나를 죽일 듯이 노려보며 욕설을 퍼부어 댔다. 워낙 맷집이 없고 메말라서인지 다행히 두들겨 패는 일만은 없었다.

마지못해 동생뻘 되는 서종렬이가 울며 겨자 먹기로 나의 짝패가 되어 주긴 했어도 점차 나를 꺼려했다. 결국 나는 흙을 파는 데로 작업장이 바뀌었다. 손바닥은 부르터 피가 흐르고 땀으로 목욕을 하며 괭이질을 해도 흙을 제 때 짐차에 대 줄 수가 없으니 '도로꼬꾼'들의 아우성이 빗발치고 나는 그만 기가 질렸다. 서투른 괭이질에 일을 추스르는 요령조차 없으니 내려앉는 흙더미에 생매장될 뻔한 위기를 두세 번 모면하기도 했다. 괭이를 잘 구슬려 십여 미터 파 들어가면 언덕 부분에서 흙덩이가 한꺼번에 와르르 무너져 내리며 흙더미가 수십 미터까지 밀려난다. 이건 정말 눈 깜짝할 사이에 일어나는 일로 까딱하면 흙더미에 묻혀 황천객이 되고 만다.

임금은 일주일 단위로 계산하는데 밥집인 판잣집에서 앓아 눕는 날이 많았으니, 밥값을 치루고 나면 남은 것이 없었고 때론 외상 밥값을 지는 때도 있었다. 대판에서 떠날 때 지녔던 1,300원쯤의 돈은 조금씩 줄어들기만 했다. 노가다 일이 견디기 힘든 가장 큰 원인은 작업 속도가 기막히게 빠른 데 있었다. 날이 밝기가 바쁘게 새벽 아침을 먹고 현장에 나갔다. 담배 한 대 피우고 나

년 곧 전쟁이 시작됐다. 불꽃 튀기는 백병전에나 비할까. 아우성을 치고 달리고 뛰고 하는 모습이 나에게는 전장으로만 보였지만 그들은 무서우리만치 빠르게 일을 해치웠다. 오전 10시 반쯤이면 오전 작업을 끝내고 정오경 점심을 먹고, 오후 3시쯤에서 6시까지 오후 작업을 했다. 일하는 시간보다 쉬는 시간이 많으나 작업량이 어마어마하게 많은 것이 늘 문제였다. 약질도 한창 때가 있는 것이라서 싸목싸목('천천히'의 전라도 사투리) 하는 일이었다면 어느만큼 흉내라도 냈을 법 하련만, 그들의 그야말로 용과 호랑이가 싸우듯 하는 용호상박龍虎相搏의 혈투는 감히 엄두를 내지 못할 노릇이었다. 어쩌면 그들은 도박 시간을 벌기 위해 그렇게 재빠르게 작업을 하는지도 몰랐다. 그들만큼 시간을 아끼는 사람은 드물 것이다. "시간은 금이다"란 금언金言을 그들을 빼놓고 누구에게 이를 것이랴! 그들은 모이면 도박, 앉으면 도박이었다. 그들은 깡패들이 싸움질할 때 쓰는 작은 칼인 '아이구찌'를 판잣집 방바닥에 콱콱 박는 것쯤은 예사이고, 칼을 겨누고 악을 쓰는 살기 어린 장면도 연출했다. 자칫하면 사람을 해칠 험악한 공기가 감도는 아슬아슬한 고비를 여러 번 목격했다. 하지만 한솥밥을 먹는 사이라서인지 다행히 칼질하는 일만은 없었다.

24세 청년이던 나는 나이에 비해 퍽이나 어리고 앳돼 보였으므로, 그들은 꼬마 녀석으로 여겨 성가시게 구는 일은 없었고 손쉬운 심부름꾼으로 써 먹었다. 판잣집 방 한쪽 구석에 처박혀 잠자는 체 누워 있다가 흔들어 깨우면 짐짓 깊은 잠에서 깨는 척 하품을 해댔다. 물 심부름, 술 심부름은 내가 맡은 직분이었다. 몸이 아파 끙끙 앓다가도, 명령이 한번 떨어지면 쏜살같이 나가 심부름을 해냈다. 그 근처 약 1㎞쯤 떨어진 곳에 조선인 막걸리 밀줏집이 있었는데 낯이 익어 놔서 가끔 술을 얻어 마셨고, 노가다꾼들은 마지막 잔 한 잔은 꼭 나에게 주었다. 그들 중 진짜 노가다꾼은 고국의 가족에게 십년 넘게 소식 한 번 전하지 않으니, 도박과 술 그리고 여자가 그들에게 전부인 듯했다.

이웃 노가다 판에 이십칠팔 세의 일본 이름이 '도비'인 사람은 몸이 날래서 이삼십 미터 높이의 삼나무에 올라가서 작업을 했는데, 오르내리는 모습이 마치 원숭이 같았다. 그는 일찍 결혼해 고국에 처자식이 있는 경상도 사나이로, 인정이 넘치는 호인이었다. '도비'는 작업 시간이 짧은 데 비해서 보통 노가다꾼이 받는 임금의 두세 배를 받았는데, 유곽 출입에 대부분을 탕진했다. 내가 그 노가다 판을 떠날 무렵에 그는 유곽에서 천덕꾸러기 일본 여자를 데려다 동거 생활을 했는데 오래가지는 않았을 성싶다.

노가다가 꼭 그렇게 포악한 것만은 아니었다. 동료 중에 병원 신세라도 지게 되면 서로 호주머니를 털어 아끼지 않고 치료비를 대며 매일처럼 문병도 하며 극진히 간병하는 일을 잊지 않았다. 어려운 일이 생기면 자기 일처럼 발 벗고 나섰다. 나이에 따라 호형호제하며 우애로 뭉치고 의리에 사는 좋은 면도 있었다.

기총소사에
넋을 잃고

B-29를 봉황에 비긴다면 군함에 적재된 비행기인 P-51은 솔
개라고나 할까? 기체는 아주 작은데 잽싸게 날고, 척후병 이상으
로 골짜기마다 목표물을 잘도 찾아내는 것이 특징이다. 목표물
상공에서 급히 몸을 돌려 곧바로 내리꽂아 땅에 닿을 듯 내려오
면서 기관총을 쏘아 대고, 옆으로 살짝 도는가 싶으면 또다시 번
개처럼 공중으로 치솟아 다시 잽싸게 내려오며 쏘아 대고 하는
것이 사격 수법이다. P-51에 걸리는 날이면 살아남지 못하는 것
을 알기에 우리는 P-51을 무척이나 두려워했다.

어느 날 오후 4시쯤인가 싶다. 우리는 웃통을 벗어부치고 팬
티 바람으로 일하고 있는데 저 멀리서 서쪽을 향해 하늘을 가르
는 P-51 3대가 비치더니 잠시 후 산에 가려 보이지 않았다. 그러
더니 별안간 머리 위에서 우르르 하는 천둥소리와 함께 기관총
탄을 퍼부어 대는 것이었다. 우리는 혼비백산하여 모두 넋을 잃
었다. 얼마나 시간이 흘렀을까, 저만치에서 "살았다. 일어나라"고
외치는 소리에 문득 정신을 차렸다. 그제야 하늘을 보니 P-51은
저쪽 하늘가로 참새만한 모습으로 멀어져 가고 있었다.

그 뒤, 밥집 주인의 말을 들으니 참으로 어처구니가 없었다. 누

기지에서 발진하는 P-51 전투기. 일명 '무스탕'

구는 삽으로 얼굴을 가리고 나무 사이에 멍청히 서 있었고, 누구누구는 궁둥이를 하늘로 치켜들고 고개만 땅에 처박고 있더란다. 마치 몰이꾼에 쫓긴 꿩이 맹감나무 넝쿨에 고개만 처박고 있는 것과 흡사했다고 한다. 기총소사는 불과 일 분 정도로 매우 짧았는데, 넓은 일터에 있는 우리를 백발백중 명중시킬 수도 있었을 것이나 다만 위협 사격만 한 것이었다. 주변머리 없이 비행장터 닦는 일을 하지 말라는 경고였을 것이라 여겨졌다. 공사장 한쪽 모퉁이에는 조립이 채 끝나지 않은 특공대용 1인승 소형 비행기를 위장 은닉했는데 이게 발견되었을 가능성도 있는지라, 그날 이후론 먼발치로 P-51이 비치기만 해도 일이고 뭐고 다 집어치우고 도밍치기에 바빴다.

일본에서 한 재산 마련한
밥집 주인

전라북도 출신인 밥집 주인은 일본어에 능통하고 매우 똑똑해서 매사를 잘 처리하는데, 그리 유식하지는 못했다. 아라비아 숫자나 일본 글자인 '가다가나'를 쓴 걸 보면 거머리가 기어가듯 했고, 장님 개천에서 허우적거리듯 하였다. 그래도 오랫동안 노가다 판 밥장사로 그을려 놔서 어찌어찌 글을 끄적거리기도 하고 어물어물 글씨를 읽기도 했다. 같은 전북 출신인 아주머니도 인물 좋고 마음씨가 고운 분이었다. 어느 날 밤, 안방으로 불려 간 나는 오랫만에 축음기를 들으며 누룽지를 얻어먹는 호사를 누렸다. 힘든 막노동을 견디지 못하는 걸 보니 책상물림 같다며 학력을 묻기에 고창고보를 나왔노라며 전매특허인 둘러대기를 했다. 그 집에서는 내가 단연 지식인의 위치에 섰다. 내놓는 여러 문서 보따리를 차근차근 읽어 주고 어려운 대목은 상세하게 설명까지 해 주니 아주 고맙고 기특하게 여겨 주었다.

다음 날부터 밥집 주인의 배려로 아주 수월한 부서로 옮기게 됐다. 그리고 밤마다 안방에서 축음기를 틀고 주인 내외와 셋이서 창가도 부르며 옛이야기를 했다. 지금은 모두 잊었지만 그때만 해도 내 머릿속에는 무진장 많은 이야기보따리가 들어 있었는지라 '얼음에 배 밀 듯' 보따리를 조금씩 끌러 놓는데, 내외분은 이에 도취하는 것이었다. 유명한 일본 명치 문학 '곤지끼 야사(금색야차金色夜叉란 소설로 남주인공은 하사마강이치, 여주인공은 오미야)'를 이야기해 줄 양이면,

"아니, 야야, 이게 일본 소설이냐? 이수일과 심순애 어쩌고 히서 조선 소설인지만 알았시야……."

하며 감탄해 마지않았다. 비단 이 밥집 주인뿐만 아니라 우리 국민 대부분이 우리나라 작품으로 알고 있기에 여기에 간단하게 '금색야차'를 소개하련다. 명치 문단의 거장 '오사끼고오요오'의 만년의 대작으로, 〈요미우리신문〉에 연재 중 미완성인 채 37세로 생애를 마친 뒤, 그 문하생 '오구리후우요오'가 마무리 지어 완성했다. 한때 만용을 부려 번역을 시도해 보기도 했으나 내가 그 그릇이 되지 않는 까닭에 단념했다. 뒷날 누군가 이를 번역한다면 다시없는 기쁨이겠다.

때로는 이몽룡과 성춘향의 사랑 대목, 이몽룡의 어사출도 장면을 노래조로 구성지고 감칠맛 나게 읽어 내려갈라치면, 멍하니 내 얼굴만 쳐다보는 것이었다. 심청전 몇 대목도 읽었다. 심청이

인당수에 몸을 던지는 대목에는 그들의 눈에 손수건이 올라갔다. 그 외에도 여러 고담책의 재미있고 슬픈 대목을 읽어 주었다. 주인은 무릎장단을 치며 "그렇지. 어~, 그러고 말고.", 아주머니는 "쯧쯧, 아이고 불쌍허라." 하며 애달파 했다.

암송이 그다지 어려운 줄 몰랐던 때였다. 내가 어렸을 때 이웃집 할아버지, '혼행이 양반'은 일자무식인데도 토시 짝을 가만가만 돌리면서 춘향전과 심청전을 한 구절도 틀리지 않게 외워 댔으니 그분에 비하면 내가 몇 대목씩 외워 댄 것쯤은 아무 것도 아니다. 글을 못 쓰는 주인 대신 대필도 해 주고 문서 정리랄 것도 없는 자질구레한 것도 써 주는 등 그 집안 서사書士 노릇을 겸했다. 밥집 주인은 당시 군부 공사軍部工事가 대체로 수더분했던 까닭에 일종의 청부업으로 밥집을 하면 수입도 꽤 좋아서, 우리 일꾼들에게 배불리 먹이면서도 남는 식량은 뒷거래로 팔아 일거양득의 재미를 보았다. 이러니까 주인을 신뢰하고 따를 수밖에 없었다. 아무튼 군부공사라는 특수성 때문인지, 쌀이며 완두콩이며 하지 감자 등속을 푸짐하게 가져오는 것이었다. 고향에 많은 전답과 집을 장만해 놓았고 귀국하면 떵떵거리고 살 만큼의 생활 터전을 마련해 놓았노라고 막걸리 잔을 주고받으며 이야기를 나누기도 했다. 내가 그곳에 있는 동안 공사 현장에 군부나 정부 관리 등 누구 하나 나타난 일조차 없었고, 오직 밥집 주인이 전권을 행사했다. 정말 돈 보따리가 넝쿨과 함께 굴러 왔음직한 노릇이었다.

하지만 나는 일본에서 무주고혼無主孤魂이 될 수는 없었다. '가자, 조선 땅으로!' 이 상념만이 당시 내 뇌리에 가득 차 있었다. 1945년 6월 하순경 서종렬 동생과 그곳에 있던 김제 출신의 힘 좋은 호인, 이렇게 셋은 주인 내외와 노가다 선배들의 정겨운 환송을 받으며 그곳을 떠났다. 전날 밤 주인과 다른 노가다들이 송별연을 베풀어 주며 무사귀국을 빌어 주었다. 우리 셋은 일단 그곳을 떠나 '히메지'란 큰 도시 가까이에 있는 노가다 판을 찾아갔다.

95

노가다 판을 떠나
시모노세키로

새로 찾은 노가다 판은 우선 먹을 게 부실했다. 순 잡곡밥을 주는데 내 조그만 창자를 채우기에도 흡족치 못했고 반찬도 형편없었다. 아마 전에 있던 산골 노가다 판은 세상 물정에 어리숙하여 얼렁뚱땅 풍성하게 넘어간 듯했다. 그러나 대도시 부근은 너무 밝은 세상인가 싶었다. 정말 맑은 물에는 고기가 놀지 않는다는 이치인 것처럼.

이곳 밥집 주인 내외도 글을 잘 몰라 나는 또 서사 노릇을 하게 됐다. 자신 있게 옛날 얘기를 늘어놓으며 안방에서 함께 즐겼던 이모저모의 이야기는 저번 노가다 판 밥집과 비슷하기에 이하 생략하기로 한다.

바깥주인은 키가 훤칠한 미남이며 선비 기질을 가졌다. 인원 수를 늘려 배급받는 잔재주도 부릴 줄 모르고 또 악착스레 돈을 벌려고도 않았다. 단정한 몸가짐에 온화한 말씨하며 신사적이고 고매한 인격자였다. 공사판 규모가 작아 일꾼은 열 명 정도였는데 주인의 감화를 받아서인지 모두 유순하고 도박 따위도 없었다. 고작 밀주 막걸리를 사다 마시는 것이 유일한 놀이였다. 일본에 거주하는 조선인은 경찰서 반도계에서 협화회協和會를 통해 신분증인 수첩을 받게 되는데 주인의 노력으로 나도 비로소 수첩을 발급받았다. 주인 남자는 그곳 면사무소며 경찰서의 신임을 받고 있어서 조선인들에게 어려운 일이 생기면 팔을 걷고 나서서 성의껏 도와주었다.

수박 한가운데를 갈라 한쪽을 엎어 놓은 것처럼 구름다리 형태로 된 판잣집이 우리의 숙소였다. 지붕엔 흙을 얹고 잡초와 나무를 심어 위장한 판잣집이었다. 이곳에서도 P-51이 비치기만 하면 서둘러 대피시켰다. 연합군의 공습은 날로 치열해 죽음의 그림자가 자꾸 달려드는 것만 같았다. 나는 자주 '히메지 역'에 나가 '시모노세키행' 열차 편을 알아보았는데, 일주일 전 예매가 열흘 전, 보름 전으로 연장되더니 나중엔 아예 예매가 폐지됐다. 열차 대부분을 군용으로 돌리고 승객용 열차는 한두역밖엔 차표를 팔지 않았다. 상황이 이렇게 바뀌니 마음이 더욱 조급해졌다.

1945년 7월 하순, 드디어 '시모노세키행'을 결심했다. 아는 조선인을 통해 여러 날에 걸려 겨우 콩 석 되인가를 금값으로 비싸게 샀다. 당시는 일본 어디를 가도 먹을 것을 파는 데가 없었기에, 어렵게 구한 콩을 볶아서 보따리에 간직하고, 마침내 노가다판을 하직했다.

동포에게 맛본 지옥 체험

'히메지 역'에서는 다음 역까지 가는 차표만 팔았다. 일단 다음 역에서 하차한 우리 세 사람은 약 시오 리를 걸어 다음 역에 닿았는데, 이미 열차는 끊어지고 없었다. 정말 진퇴양난이었다. 되돌아갈 수도 없고 기진맥진하여 나무 그늘에 쭈그리고 앉아 있는데, 군용 열차 한 대가 출발 직전에 있었다. '이판사판, 죽기 아니면 살기다.' 무턱대고 달려가 열차에 올라탔다. 열차 안은 육군으로 가득했다. 그 무렵은 버스를 제외하고는 전차나 열차 안에는 차장이나 승무원이 없었다. 하지만 극도의 교통난 속에서도 사람을 짐짝처럼 태우는 일은 없었다. 역에는 몇 사람의 남자 직원과 하늘색 정복에 정모를 쓴 젊은 여직원이 있어 승객을 안내했다.

군인은 내 또래가 많아 보였고 조금 위아래 나이로 보이는 사람도 있었는데, 모두 이제 막 소집에 응한 걸로 짐작되었다. 차창을 멍하니 바라보는 자, 초점 잃은 눈으로 열차 바닥만 응시하는 자, 가족사진인 듯 사진을 들여다보다 양복 안주머니에 넣었다가 잠시 후 다시 꺼내 보는 자, 도란도란 옆 사람과 잡담을 나누는 자가 눈에 띄었다. 어떤 자는 힘없이 가라앉은 목소리로 가만히 군가를 부르기도 했다. 전체적으로 열차 안은 무거운 공기에 휘덮였고, 사람들은 하나같이 삶아 놓은 배춧잎 같고 도살장 문턱을 넘는 소 같았다. 어두운 표정은 마치 삶을 체념한 것처럼 보였다. 우리는 열차 안에서 일본 군인들에게 혹독한 곤욕을 당하리라 각오했는데 막상 그들은 우리를 거들떠보지도 않았다.

우리는 한쪽 구석에 장승처럼 서 있었다. 한 정거장, 두 정거장을 지나칠 때까지도 말 한 마디 건네는 자가 없다. 우리는 아예 보따리를 내려놓고 꾸어다 놓은 보릿자루마냥 쭈그리고 앉아 연신 곁눈질로 그들의 동태를 살펴보고 있었다. 배가 고팠지만 이 판국에 콩을 먹을 수도 없었다. 우리는 미리 볶아 준비한 콩을 삼등분해서 각자 간직했다. 이렇게 점심, 저녁을 건너뛰었어도 정신만은 멀쩡했다. 하지만 온몸이 천근만근 무겁고, 무더위에 무거운 트렁크를 메고 시오리 길을 강행군을 했으니 무릎이 쑤셔 대고 땀에 전 몸뚱이는 끈적거렸다. 그래도 두 사람은 진즉 곯아떨어졌다. 헤 벌린 입에서 침이 흐르고 가끔 끙끙거리는 것이 아마 꿈을 꾸나 보다. 고국의 부모 형제와 재회하여 얼싸안고 사선을 넘은 고생 이야기라도 나누는 걸까? 측은하기도 하고 한편으론 얄밉기도 했다. 그들은 낫 놓고 기역자도 모르고, 일본어가 통하지 않으니 나에게 기대야만 한다. 나는 이들을 이끌고 무사히 고국 땅을 밟아야 한다. 책임감으로 어깨가 무겁다. 이런저런 상념이 꼬리를 문다. 어느새 피로는 더해 가고 눈이 스르르 감긴다.

어수선한 소음에 눈을 떠 보니 어느 시골 역 이백 미터 전방에 열차가 멈춰 있다. 그간 깊은 잠이 들었나 보다. '무슨 사고가 생긴 걸까. 그렇지 않고서야……' 불길한 생각이 들었다. 잠에 취해 몽롱한 상태에서도 긴장이 됐다. 어떤 사태가 벌어질지 모르는 일이었다. 희부옇게 날이 밝아 오고 있었다. 우리는 일단 열차에서 뛰어내려 흩어졌다. 철로 변 울타리에 한 길이 넘는 잡초가 우거져 있었다. 풀 속에 웬 모기떼가 그리 많은지 사흘 굶은 이리 떼처럼 덮쳐 대 이놈들과 악전고투를 벌이며 한 시간쯤 지나니 날이 환하게 밝았다. 옆길로 돌아 역 광장에 이르러 세수도 하고 콩 한 줌을 입에 털어 넣고 물을 벌컥벌컥 들이켰다. 그런데 한참을 기다려도 두 사람이 나타나지 않았다.

열차표는 두 정서장밖에 끊어 주지 않았다. 이렇게 한 정거장이나 두 정거장을 갔다 다시 내려 쉬고 또 열차를 타는 식으로 해서 '시모노세키'에 도착하니 긴긴 칠월 해도 얼마 남지 않았다. 우리 일행 셋이 다시 합류했을 때는 해가 기울고 있었다.

'돈다발 짊어지고 일 년 열두 달 일본 땅을 누비고 다녀 봤자 먹을 것 파는 데가 없으니 노가다 판을 찾아야겠는데, 해는 저물어 가고 갈 곳은 없으니 어찌한담.' 이때 마침 구세주가 나타났다. 조선인 노동자가 지나가고 있었다. 그는 경상도 사람으로 서른 살쯤 돼 보이는데 수투룸해(어리숙해) 보였다. 그는 우리의 사정을 듣더니 따라오라고 한다. 그를 따라가 그의 매형을 만났다. 그의 매형이란 자는 쉰 살이 채 안 돼 보이는데, 산적처럼 험상궂은 낯짝에 화등잔만한 눈구멍으로 쏘아보는 데는 정말 기절초풍할 노릇이었다. 키는 보통인데 땅이 좁다시피 미륵돼지처럼 뒤룩뒤룩 살이 찌고 떡 벌어진 가슴이며 솥뚜껑만한 손 하며 저 녀석이 마음먹고 한 대 치면 가루가 될 것 같았다. 그는 "짐 이리 내놔!" 하며 우리 보따리를 빼앗다시피 하여 안방 벽장에 처박고는 자물통을 콩 채우는 것이었다. 아뿔싸! 우리 발로 호랑이 굴을 찾아든 것이었다.

이것 보게, 저녁밥이란 게 죽 한 보새기(대접의 전라도 사투리)다. 그나마 말이 죽이지 내 낯짝이 죽 그릇에 비칠 정도이다. 그래도 후루룩 들이 마시고 막 누우려는데, 산적 양반이 쑥 들어오자마자 우리들 무릎을 꿇리고 주소와 성명을 대란다.

"요 쌍놈의 전라도 개똥쇠놈들."

욕 한 마디에 귀싸대기 한 대씩을 때렸다.

"이 쌍놈의 새끼들, 회사에서 도망쳐 온 놈의 새끼들."

이렇게 욕을 해대며 경찰서에 고발한다고 으름장을 놓았다. 그러면서 때 묻은 치부책에 삐뚤빼뚤 우리의 인적 사항을 적는데, 몇 자를 끄적대다 또 묻고 또 물어 언제 다 쓸 것인지 답답해서 내가 써 주마 했더니 건방진 새끼라며 또 한 대다. 이건 순전히 내 입으로 벌어서 맞은 것이니 원망할 수도 없다. 내 옆의 두 사람은 어른이 말씀하시는데 졸고 있다고 또 따귀 한 대씩. 우리 셋은 이렇게 모두 세 대씩 따귀 선물을 받았다. 제 딴엔 살짝 때린다는 것인데 그놈의 손때가 여간 맵고 짜 놓으니 눈에서 벼락불이 솟았다.

이렇게 얻어맞고 자고 나니 아침 식사란 게 또 죽 한 그릇이다. 갈수록 태산이다. 그 녀석은 기분이 좋을 때가 욕설이요, 친절을 베푼다는 짓거리가 또 욕이다. 제 딴에 수가 틀렸다 싶으면 뺨을 치고 발길질이다. 점심은 잡으려는 개 밥 주는 만큼의 잡곡밥이고, 하루 두 끼는 정확히 죽 한 그릇씩이다. 거기다 일은 고되게 시키니 체력은 날로 떨어져 간다.

토굴 같은 방은 십 년은 묵혀 두었는지 고리타분한 냄새가 절어 있고 방바닥은 낡아빠진 장판지에서 흙먼지가 일었다. 지독한 더위에도 모기장을 쳐 주지 않았고 모기약 한번 뿌려 주지 않았다. 그 무렵 모기약이 아주 희귀한 때이긴 해도, 그 녀석은 모기장을 치고 밤마다 모기약을 뿌렸다. 우리더러는 냄새나 맡으라는 그런 식이었다.

그 녀석의 집에는 진짜 노가다는 없고 우리처럼 재수 없이 걸려든 몇 사람이 있을 뿐이었다. 저희들은 하얀 쌀밥에 뒷거래로 사온 돼지고기며 좋은 반찬을 퍼 먹으면서, 우리 일꾼들에겐 어쩌다 선심을 써 꽁보리밥을 주고서 생색을 내는 꼬락서니란 기가 막힐 노릇이었다. 산적 놈이 방 안에 들어서면 우리는 일제히 무릎을 꿇었다.

"이 쌍간나 새끼덜, 나나 헝게 니놈의 새끼덜 밥 주는 기여. 쌍놈의 새끼덜."

욕을 해 대면, 우리는 일제히 "주인어른, 고맙습니다"며 합창을 했다.

작업장에선 창자가 등에 붙은 채 죽을 둥 살 둥 일을 했는데, "이 쌍놈의 새끼덜, 이게 일하는 거냐, 장난치는 거냐"며 따귀를 때리고 발길질을 해 댔다. P-51이 날아와 대피하려 하면 "이 쌍놈의 새끼덜 뒈져도 괜찮아, 어서 일해"라며 고래고래 소리쳤다. 그래도 비행기가 다가오면 매 맞기는 뒤로 미루고 개골창에 엎드렸다. 어쩌다 산적이 서 있는 근처에 기관총탄이 떨어지면 기겁을 하고 "아이고 나죽어." 비명을 지르며 도망쳐 도랑에 고개를 처박고 숨도 제대로 쉬지 못하는 주제에 남의 생명 귀한 줄은 모르는 위인이었다.

'맹물 마시고 된똥 누라는 것'도 분수가 있지, 그래 죽 한 그릇씩 먹이고 황소같이 일하라니 어떻게 하라는 것인가. 어느 날 아침, "퍼먹었으면 냉큼 현장에 안 나가고 먼 지랄이여, 이 쌍놈의 새끼덜." 버럭 소리를 지르고는 산적은 자전거를 타고 집을 나갔다. 우리는 이때다 싶어 주인아주머니에게 자초지종을 털어놓고 애원했다. 아줌마는 나처럼 약골인데 갸름한 얼굴에 매우 인자한 분이었다. 보따리를 내주며 빨리 도망치라며, 뒷일은 자기가 적절히 처리할 테니 걱정 말라며, 길거리까지 따라 나오며, 무사히 귀국하길 빌며, 손을 흔들어 주셨다. 산적에 인자한 아줌마. 정말 돼지 목에 진주 목걸이였다.

우리 셋은 냅다 뛰었다. 막다른 골목에 다다르니 그제야 없던 힘이 솟아났다. 한 오 리쯤을 더 달렸을 때였다.

"쌍 도적놈의 새끼덜, 거기 있그라."

산천을 울리는 산적의 고함 소리에 우뚝 멈춰 섰다. 산적은 전속력을 내어 자전거를 몰고 우리에게 달려왔다. 그러더니 다짜고짜 우리를 안 죽을 만큼 두들겨 팼다. 우악스레 멱살을 움켜쥐고서는 경찰서로 가자며 끌었다. 그러더니 그간 우리가 먹은 밥값을 내야만 용서한다는 것이었다. 뼈 빠지게 일하고 임금을 달라는 것도 아닌데, 우리에게 도리어 밥값을 달라는 것이 정상적인 사람으로서니 상상도 못 할 노릇이었다. 우리는 땅바닥에 꿇어 엎드려 수없이 손이 발이 되게 빌었다. 정말 이쯤 했으면 부처님도 자비를 내릴 만할 정도로 빌고도 한동안 곤욕을 치른 후에야 겨우 풀려날 수 있었다. 어느 밥집은 굶기고 일을 시킨다던가. 죽 한 그릇 먹이고 실컷 부려먹고서 임금은 안 줄 망정 이 무슨 해괴망측한 짓인가! 인면수심이란 이런 자를 두고 일컫는 말일 것이다. 만리타국에서 동포에게 지옥 체험을 톡톡히 한 셈이다.

꿀맛보다 달콤했던
상한 밥 한 그릇

1945년 8월 9일, 이제 성공하면 귀국이요, 실패하면 현해탄 물고기 밥이다. '시모노세키' 시내에 들어선 우리 일행은 이리저리 헤맸다. 마침 기생오라비처럼 매끈한 청년이 다가와 수작을 걸었다. 얼핏 보아도 낯짝은 반드르르한 개기름이 흐르고 광대뼈가 튀어나왔는데, 옆으로 째진 눈매로 흘겨보는 눈초리가 꼭 사기꾼만 같아 섬뜩했다. 얼렁뚱땅 따돌리려는 참인데 내 말이 떨어지기 전에 그만 두 사람이 나서서 속사정을 털어놓았다.

일은 벌어졌다. 쏟아 놓은 물이었다. 앞바다에는 소형 선박 십여 척이 떠 있었다. 만약 폭탄을 떨어뜨리면 풍비박산이 되고 우리는 개평(뎜)으로 황천객이 될 판이었다. 불안하기만 했다. 이날도 여느 때와 같이 함포 사격 소리가 여러 곳에서 쿵쿵 울려왔다. 청년은 도선장에서 배표를 사서 저 앞에 떠 있는 배에 가자고 했다. 거기 가면 당장 밀선(密船)을 구할 수 있다고 장담을 늘어놓으며 자기만 따라오라는 것이었다. 어렵게 호랑이를 피하니 이제 이리를 만난 것이다. 기생오라비는 연신 뒤를 돌아보고 우리를 감시하면서 길가 양쪽을 두리번거리며 빨리 오라고 재촉했다. 우리는 아무래도 미심쩍어 '서리 맞은 구렁이처럼' 느릿느릿 걷는데, 청년은 저만치 가서 뒤돌아보며 빨리 오라 보챈다. 그래도 우리가 걸음을 늦추자, 청년은 '고치(고추) 먹은 여시(여우) 머리 내두르듯, 굿판에 상모 내두르듯' 고개를 내저으며, 포수 앞에서 설설 기는 노루마냥 안절부절못하는 꼴이 정말 가관이었다.

이윽고 도선장에 이르렀다. 청년은 우리에게 아무 데도 가지 말고 여기에 꼭 있어야 한다며 두 번 세 번 다짐을 주고서야 사무실로 들어갔다. 그러더니 금방 또 나와서 우리를 확인하는 것이다. 나는 일행의 다리를 꼬집으며 "아이고 배고파 한 발짝도 못 걷겠소. 아무 거나 먹을 것 좀 사 주오." 하며 땅바닥에 누워버렸다. 이어서 두 사람도 누웠다. 그제야 기생오라비는 회심의 미소를 띠며 사무실로 들어갔다. 그러더니 사무실에 있던 제 또래 조선인 하나와 귓속말을 주고받으며 웃음을 띠는 것이었다. 이때다. 우리는 기회를 놓치지 않고 번개처럼 뛰어 달아나 숨었다. 젊은 두 녀석은 눈에 쌍심지를 세우고 우왕좌왕 여기도 기웃 저기도 기웃하며 샅샅이 뒤진다. 우리는 '하느님, 하느님'을 부르며 마음속으로 간절히 빌었다. 천우신조로 그들은 우리가 숨은 곳을 지나쳤다. 먹이를 놓친 그들은 서로 책임을 떠넘기며 다투었다.

어둠이 찾아들었다. 사방은 쥐 죽은 듯 조용했다. 우리는 그제야 안도의 숨을 내쉬고 그곳을 빠져나왔다. 우리 일행인 두 사람은 제법 눈치도 빠르고 무지한 깐에는 두뇌 회전도 괜찮은 편인데 막상 어려운 처지에 이르면 눈치코치 다 무용지물이 되어버린다. 그렇다고 실망할 것은 없다. 궁하면 통하는 법이요, 죽을 길 곁에 살 길이 있는 것인즉 서로 최선을 다할 일이다.

허기진 뱃속에선 창자가 꼬르륵 울어 댄다. 잠자리도 구해야겠고 뭐든 요기도 해야겠다. 이런 궁리 저런 생각에 잠겨 무거운 발걸음을 옮기는데 34~5세쯤 된 동포 한 사람을 만나게 되었다. 노동자 풍의 수투룸한 맛이 풍기고, 어두컴컴해서 얼굴을 똑똑히 볼 수는 없어도 은연중에 마음이 끌려서 사정을 숨김없이 털어놓고 방금 호랑이 굴을 벗어난 얘기도 했다. 그는 경상도 사람으로 일본 생활을 한 지 몇 년째이며, 우리 또래의 자기 조카도 징용에 끌려와 고생하는 걸 며칠 전 밀선으로 귀국시켰는데 무사히 돌아갔는지 걱정된다고 했다.

일본에서 정말 무서운 것은 조선 놈이다. 갖가지 못된 짓만 골라가며 동포의 등을 쳐 먹는 놈이 많다. 아까 그놈들 패거리에 걸려 희생된 동포가 적지 않은데, 시모노세키에 있는 조선인들이 합세해서 여러 번 혼을 냈다고 한다. 그래서 자기들처럼 제지하는 사람들을 보기만 하면 삼십육계 줄행랑을 친다는 것이다. 기생오라비가 주위를 두리번거렸던 일이 이해되었다.

그의 주선으로 배를 구했는데, 부산까지 뱃삯은 육백 원이며, 새벽 세 시쯤 근처 여인숙에서 만나기로 약속했다. 여인숙 이 층 다다미방은 수십 년을 묵혔는지 퀴퀴하면서 썩는 냄새가 왈칵 코를 찔렀고 금방이라도 귀신이 튀어나올 듯싶었으며 어두컴컴한 것이, 방이 아니라 무덤 같았다. 방 안으로 발을 딛자마자 거무스름한 먼지가 덮쳐 왔다. 자세히 보니 수만의 굶주린 벼룩 떼였다. 이놈들이 어느새 온몸에 파고들어 침을 놓는데 얼마나 억센지 이 흡혈귀를 당해 낼 재간이 없었다. 고양이를 꼭닮은 노파는 선금을 받았으니 반환해 줄 리 만무했다. 다른 방을 찾았으나 마찬가지였다.

"아줌마, 사람을 재우는 게 아니라 벼룩을 재웁니까?"

"아예 여인숙 이름을 '노미노이에(벼룩의 집)'로 바꿉시다."

농담 반 진담 반으로 골려 대니 고양이 할망구는 빙긋이 웃기만 한다. 다시 돈을 돌려달라고 강경책을 써 본다.

"아이고 어쩌나. 써 버렸는데……."

할망구가 능청을 떤다. 그럼 심부름이라도 해 달라며, 아무거나 먹을거리를 사 달라고 떼를 써 본다.

"이봐, 젊은이. 돈 갖고 뭐 사 본 일 있어. 아니, 파는 데 본 일 있어?"

오히려 눈을 흘긴다. 그래도 끈질기게 조른 보람으로 토마토 한 개를 오십 전인가 주고 구했다. 이를 세 토막으로 나눠 먹고 볶은 콩 한줌으로 요기를 한 다음, 아예 노숙할 요량으로 계단을 막 내려서는데, 숨 가쁘게 울려 대는 사이렌 소리가 적막을 깨뜨렸다.

크고 길게, 작고 짧게 사면팔방에서 울려 대는 사이렌 소리는 아주 처절했다. 우리는 얼른 주변 산으로 피했다. 칠흑 같은 어둠 속에서 모기떼는 달려들고, 후덥지근한 무더위가 몰려와 시달리는 판에 찢어질 듯 고사포 소리가 울렸다. 불과 백여 미터 지점에서 당황한 일본군들의 고함 소리가 들렸다. 그곳이 바로 고사포 진지였다. 이런!, 섶을 지고 불속으로 뛰어든 셈이었다. 서둘러 어두운 길을 더듬어 산 아래로 내려왔는데, 하늘에는 B-29, 땅에서는 모기떼의 습격이다. 서너 대의 B-29가 지나치면 한참 있다 또 지나가고. 이런 식의 시위 비행이었다. 투척한 폭탄은 열 개 정도에 불과했지만 신경은 바짝 곤두서는 것이었다. 사정이 이러니 고사포는 포탄만 낭비하는 것이었다.

바다에 빠진 사람은, 사실 졸다가 죽는다고 한다. 나도 생사를 예견치 못할 극한 상황에서도 졸음을 이겨 내지 못하고 깜빡 졸고 말았다. 공습 해제 사이렌이 울리면서 잠에서 깨었다. 산 아래 어느 골목길에 이르니 대문 한 짝이 빠끔히 열린 사이로 희미한 램프 불빛에 나이 지긋한 한복 차림의 여인이 보였다. 우리는 용기를 내서 기침 소리를 내며 대문 안으로 쑥 들어섰다. 그녀는 놀라 주춤 물러서며 뜻밖의 침입자를 경계한다. 우리는 무례함을 사과하고 먹을 것을 좀 달라고 사정했다. 그녀는 아무것도 대접할 것이 없다며 도리어 우리가 미안할 만큼 어쩔 줄 몰라 했다. 식량 배급이란 게 두 끼는 죽을 쑤어 먹고, 한 끼는 밥인데 그것도 죽지 않을 정도로 겨우 연명할 정도라는 것이었다. 그러면서 저쪽 장독대에 있는 밥을 아끼고 아끼느라 결국 상해 버려 풀이나 쑤어야겠다고 한다. 우리가 그거라도 달라고 하니, 그녀는 얼른 치마폭에 상한 밥을 감춘다. 나는 만리타국에서 남의 밥을 빼앗는 일만은 안 된다며 스스로를 달랬다. 하지만 우리 셋은 결국 참지 못하고 그녀의 손목을 붙잡고 밥그릇을 빼앗았다. 밥은 겨우 세 살배기 밥이나 될 성싶은 적은 양인데, 우리 셋은 게 눈 감추듯 순식간에 먹어 치우고, 찬물 두세 대접을 벌컥벌컥 마셨다. '아, 정말 꿀맛이다.' 아니 꿀맛이 아니라 이 세상에 이 이상의 단맛은 없을 것이다. 우리는 그제야 정신이 들어 백배사례하고 집을 나섰다. 그 집 벽시계가 새벽 두 시를 가리키고 있었고, 그녀는 눈물을 글썽이며 우리의 무사귀국을 빌어 주었다. 성도 모르고 이름도 모르는 우리를 길거리까지 배웅하며 몇 번이고 손을 흔들었다. 아마 그 여인도 우리 또래의 아들이 있어서일까. 이제 그분은 진즉 세상을 떠나셨을 거다. 혹 살아 계시다면 이 글을 쓰는 지금 팔십이 넘었을 게다.

우리는 다시 벼룩이 기다리는 여인숙으로 돌아와 2층 방에 몸을 뉘었다. 두 사람은 눕기가 무섭게 몸뚱이를 벼룩 떼에 맡긴 채 코를 드르렁거리며 곯아떨어졌다. 나는 전전반측 뒤치락거렸다. 잠은 오지 않고 방정맞은 이 생각 저 걱정에 머리가 먹먹하기만 했다. 잠시 후 조용하게 우리를 부르는 소리가 들렸다. 나는 두 사람을 깨웠다. 2층 계단을 내려오는데 다리는 휘청거리고 정신이 어질어질했다.

고마운
경상도 아저씨

주위는 어두컴컴한 새벽인데도 날씨는 후텁지근한 게 몹시 더웠다. 우리가 들고 있는 낡은 트렁크에는 무명 옷가지들이 들었는데, 지금 같으면 개천에 버려도 아까울 것 없는 것이지만 당시엔 귀중한 물건이었다. 무더위와 허기져 흐르는 식은땀에 옷이 휘감긴다. 우리는 십 리쯤 걸어 드디어 선창에 닿았다. 무거운 트렁크에 짓눌린 어깨가 축 늘어졌다.

어둠에 쌓인 바다에는 수십 척의 크고 작은 선박들이 조용히 떠 있었다. 저 많은 배 가운데 우리를 고국에 보내 줄 한 척의 배가 기다리고 있다고 생각하니 가슴이 설렜다. 한편으론 저 많은 배가 공습을 당하지 않은 게 신기하기도 했다. '배를 타고 뱃삯을 준 뒤 수중에 돈 있는 눈치를 보이면 위험천만한 일'이라며 배를 주선해 준 경상도 사내가 신신당부한다. 그리고 낮에는 미군 비행기에 뜨이면 끝장이니 섬에 잘 숨어야 하며, 이곳을 떠나도 된다는 소개증명서疏開證明書가 없으니 일본 관헌의 눈을 잘 피하라는 등 마치 시집가는 딸 타이르는 친정어머니 같다. 소개疏開란 도시에서 공습을 피해 농촌이나 산간으로 옮겨 감을 말하는데, 당시 일본 정부 당국이 적극 권장했다. 일본 내에서는 소개증명서가 있어야 새 거주지에서 식량 배급을 받을 수 있었다. 재일 교포가 조선으로 귀국할 때도 이 증명서를 가지고 일반 선박을 이용해야 했다. 관부연락선은 이미 두절된 상태였다. 그러니까 우리는 합법적 승객들 사이에 낀 밀항자였다.

우리를 태울 배는 명색이 발동선인데 형편없이 작았다. 과연 현해탄을 건널 수 있을 것인가 걱정도 되고 해서 실망한 채 배에 올랐다. 배에 오르자 선원 한 사람이 뱃삯을 달라고 한다. 우

미군기에서 바다로 투하되는
기뢰. 미군은 한일해협에도 수
많은 기뢰를 부설해 놓았다.

리는 미리 준비해 둔 육백 원씩을 내 주었다. 마침내 배가 움직이
기 시작했다. 우리를 안내해 준 경상도 아저씨는 손을 흔들고 뒤
돌아섰다. 배에 오르기 전 우리는 고마운 아저씨에게 약간의 사
례금을 드렸으나 그는 완강히 거절했다. 소개비를 먹으려고 너
희들을 안내하는 게 아니라, 같은 동포로서의 인정뿐이라며 오
히려 꾸중을 했다. 고마운 그분의 주소와 성명을 물으니, 그저 경

상도 사람이라고만 알아 달라며 끝내 밝히지 않았다. 나는 천지
신명께 빌었다. '이 착한 아저씨에게 복을 내려주소서.' 우리가 탄
배는 선원이 네 명이고 어린이를 포함한 두세 세대와 우리 밀항
자 셋 해서 삼십 명이 안 됐지만 배가 작아 초만원이었다.

표류하는 배에서
사경을 헤매다

1945년 8월 10일 새벽. 조선 땅을 향해 일본 '시모노세키항'을
뒤로 하고 배가 출발했다. 잘 있어라. 수백만 재일 동포여. 우리
는 간다. 하지만 살아서 고국 땅을 밟을지 아니면 수중고혼水中孤
魂이 될지, 운명을 하늘에 맡기고 우리는 출발했다. 작은 배는 밥
뚜껑만하게 바다에 박힌 작은 섬 옆을 따라 전진하다가 날이 밝
기 전에 어느 이름 모를 섬에 닿았다. 후미진 곳에 배를 대자 빨
리 배에서 내리라고 독촉한다. 우리 셋은 소개증명서가 없으니
따로 숨으라고 한다. 이 섬은 십여 호의 인가가 살 수 있을 정도
의 작은 섬인데, 콩밭이 누렇게 익어 가는 무인도였다. 해질 무

럽까지 사람 그림자는 비치지 않고 바다에는 배 한 척 눈에 띄지 않았으며, 다만 미군기만 간간히 일본을 향해 날았다. 저공 비행하는 미군기는 나는 게 아니라 해수면을 미끄럼 타는 것처럼 보였다. 혹은 잘 포장된 넓은 도로를 경쾌히 질주하는 세단 같기도 했다.

밤이 되자 배가 다시 출발했다. 실눈 같은 초승달이 잠깐 사이 기울고 하늘에는 반짝이는 별과 바다 위를 나는 비행기 소리뿐, 배 안은 깜깜하고 통통거리는 소리만 날 따름이었다. 1945년 8월 10일은 음력 칠월 초사흘로 금요일이었다. 수없이 많은 섬과 섬 사이에는 암초처럼 튀어나온 바위가 많이 있어서 요리조리 피하느라 짧은 여름밤의 항해는 지지부진했다.

11일, 12일, 13일도 밤에만 곡예비행하듯 느린 항해가 계속되었고, '시모노세키' 출발 5일째인 1945년 8월 14일 밤이 되었다. 자정이 가까울 무렵 돌연 배가 멈췄다. 이제껏 낮엔 무인도요 밤엔 우리 배만 외로이 떠서 오느라 다른 배 한 척 구경한 적이 없었는데, 이렇게 배가 멈췄으니 고립무원으로 넓은 망망대해에 일엽편주 신세였다. 이젠 절망이다. 죽음만을 기다릴밖에 아무런 방도가 없었다. 이때, 삐꺼덕삐꺼덕 노 젓는 소리와 통통거리는 발동선 소리에 더해 울부짖고 고함치는 요란한 소음이 한 덩어리가 되어 바다의 적막을 깼다. 모두 일본 쪽으로 향하는데 큰 소용돌이가 멀어지는가 싶으면 또 몰려오고 멀어지는가 싶으면 또 몰려오고 하길 여러 시간 이어졌다. 선장의 구호에 따라 "이찌 늬

114
일
본
탈
출
기

상(하나 둘 셋)" 한 뒤 일제히 "다스께데(살려줘)!" 하고 외쳐 대는데 금세 허공에서 사라지고 만다. 이렇게 모두 지쳐 가는데 천만다행으로 우리 배 가까이에서 삐걱거리는 소리가 들렸다. 하지만 그 배는 우리가 조선으로 가는 소개민이란 대답을 듣고는 그냥 지나쳐 버렸다.

그날은 음력 칠월 칠일로 칠흑같이 어둡고 별도 밝지 않아 사방을 분간할 수 없었으나 그들은 일본인으로 짐작되었고 당황하며 날이 샐세라 서둘러 대는 것으로 보아 대이동이 벌어진 듯싶었다. 새벽 3시가 되어 8월 15일이 시시각각 다가오고 있었다. 이래도 죽고 저래도 죽을 목숨이니 최후의 방법이라도 써 보자며 선장이 손가락만한 화약을 들었다. 일동은 숨을 죽이고 선장의 손만 지켜봤다. 그러나 2회, 3회, 4회 모두 불발이다. 이제 마지막 한 개가 우리의 운명을 판가름하게 됐다. 이날 밤이라고 미군기가 날지 않으랴만, 비 오듯 흐르는 이마의 땀을 훔치며 선장이 담배에 불을 붙였다. 배 안에서 밤에 담배를 피우는 건 이때가 처음이었다. 불빛을 보고 미군기가 다가온들 어떠랴. 이왕 죽을 목숨일 바에야……

선장의 얼굴은 창백하다 못해 보기 흉할 만치 일그러져 있었다. "후우." 하고 내뿜는 연기는 동그라미를 그리며 저만치서 흩어진다. 담배 한 대 피우는 시간이 이다지도 길까? 선장은 크게 심호흡을 하더니 화약을 들고 한참을 응시한다. 드디어 담뱃불로 점화. 절대 절명의 순간. 그러나 또 불발이나. 이제 만사가 다 소용없이 돼 버렸다. 절망과 공포의 그림자가 모두의 얼굴을 스쳤다. 이제 몇 시간 후면 불빛을 보고 달려든 미군기의 기관총을 맞고 현해탄의 물고기 밥이 될 것이다.

하루 한 끼, 콩 한 줌에 찬물 한 그릇으로 연명해 온 나는 그만 이질에 걸려 목이 타고 피똥을 싸며 피골이 상접한 병자가 되었다. 만약 선원들이 알면, 전염병이 옮을까 봐 아마 가차 없이 바다에 수장시켜 버릴 것이다. 나는 일행 두 사람에게 비밀을 꼭 지켜 줄 것을 당부한 채, 낮에는 무인도에서 그리고 밤이면 남의 눈을 피해 뱃전을 붙잡고 바다에 똥을 싸는데, 식은땀이 흐르고 힘이 빠져 금방이라도 바다에 떨어질 것만 같아 몸서리를 쳤다. 그러다 쓰러져 그만 혼수상태가 돼 버렸다. 얼마나 잠들었을까, 배 안이 두런두런 시끄러워 눈을 떴다. 아!, 나는 죽지 않고 살아 있었다.

섬 주민들에게서
먹을 것을 구하다

날은 밝아 1945년 8월 15일(음력으로 칠월 초파일, 수요일). 해가 중천에 뜬 오전 아홉 시경. '어떻게 이 시각까지 내가 살아 있을까?', '어제 밤까지도 끊임없이 바다를 날던 미군기가 보이지 않는 것은 웬 까닭일까?', '어떤 사정으로 출동이 늦어진 것일까?' 의아심도 나고 이렇게 조용한 게 기적만 같았다. 바람에 밀린 배는 어느 조그마한 섬에 금방 닿을 듯 가까이 와 있는데, 섬에서 몇 사람이 손을 내저으며 접근하지 말라고 소리를 질러 댄다. 그래도 아랑곳없이 어린이와 나를 빼고 우리 배에 탄 사람 모두, 뱃전에 막대기를 얽어 맨 임시 노로 필사적으로 노질을 하고 있었다. 해가 떴으니 미군기가 오기 전에 섬에 상륙해 목숨을 보전하자고 선장은 승객들의 노질을 연신 독려했다. 멍한 상태의 나는 누운 채 멍청히 지켜보기만 했다. 원래 약골인 데다 그동안 굶주려 기진한 것이라고 일행 둘이 둘러댔기 때문에 내가 누워 있건 서 있건 거들떠보지 않았다.

때마침 뒤에서 불어오는 미풍의 힘까지 입어 배는 조금씩 섬을 향해 나아갔다. 선장과 선원들은 모두 힘이 장사였고 또 하루 세 끼 잘 먹어 대니 그들의 힘은 대단했다. 드디어 몸에 로프를 맨 선원 하나가 풍덩 바다에 뛰어들어 헤엄치며 앞으로 나가더니 물이 목에 닿는 얕은 곳에 이르자 로프를 힘껏 잡아당긴다. 배 위에서 더 힘차게 노질을 해 대자 나가는 속도가 한결 빨라졌다. 바다는 점차 얕아졌고, 선원 두 사람이 또 바다에 뛰어들어 세 사람이 함께 배를 끌어당겼다.

바닷물이 거울처럼 맑아 바닥이 환히 보이는데 자연산 굵은 꼬막이 쫙 깔려 있다. 그런 와중에도 꼬막 무늬가 길고 넓게 혹은 좁고 둥글게 겹쳐 있는 게 마냥 신기해 감탄을 금치 못했다. 그 일대가 완전히 고운 조개 밭이었다. 이 섬사람들이 날마다 캐 먹어도 아마 손자 대까지 넉넉히 먹을 수 있을 거라는 엉뚱한 생각도 해 보았다. 이렇게 한 폭의 그림을 보는 것 같은 황홀경을 만끽하면서 드디어 섬에 상륙했다. 바지를 허벅지까지 걷어 올리고 등에는 보따리를 짊어진 우리 셋은 바닷물을 시원스레 걸어 사람들 뒤를 따라 올라갔다. 그러자 아까부터 숲 속에서 이쪽을 지켜보고 있던 섬사람들이 우르르 몰려오며 소리를 지르고 손을 내젓는다. 우리의 상륙을 저지하는 것이다.

섬사람들은 늙은 영감쟁이를 선두로 부녀자와 애들까지 십여 명이 우리와 맞닥뜨렸는데 영감쟁이는 "이놈들아 죽으려면 너희들이나 죽지 우리까지 죽이려느냐?" 하며 욕설을 퍼붓고 부인네들도 다 한마디씩 가세한다. 하지만 제주도 출신으로, 뱃사람으로 잔뼈가 굵은 선원들이 그냥 당하고만 있을 리 만무했다. 선원들이 일본어로 마구 욕설을 퍼부어 대며 금방이라도 한 대 올려붙이려는 기세로 나가니 섬사람들은 금세 풀이 죽고 말았다. 수적으로도 안 되고 또 법은 멀고 주먹은 가까우니, 섬사람들은 완전히 우리에게 제압당하고 말았다. 이 앞바다에서 수많은 통통배들이 미군기에 피습을 당했고 어제까지도 시체가 섬 앞을 표

일
본
탈
출
기

류했는데, 만약 지금이라도 미군기가 나타났다 하면 자기네 섬은 쑥대밭이 될 터이니 어서 몸을 숨기라고 애원하는 것이었다.

그 섬 주민은 불과 대여섯 집에 남자라곤 영감쟁이 한 사람뿐이고 생활 상태는 우리나라 농촌과 크게 다를 것이 없었다. 다만 집 안이 우리보다 좀 깨끗하고 성품이 한결 부드럽다는 게 달랐다. 대개는 무식했으며 이야기를 나눠 보니, 휴전이 됐다는 사람도 있고 어떤 여인은 미국이 결국 손을 들었다고도 했다. 아낙네들의 남편들은 모두 전장에 나가 지금쯤은 말레이시아 같은 곳에서 천황 폐하를 위해 성전聖戰 중일 거라고 했다.

전쟁 상황이 어떻게 흐르든, 배가 고장 난 우리에게 이 섬은 당분간 우리의 안식처였다. 미국이 손들었다는 말은 무지한 부녀자의 철없는 소리로 그냥 웃어 버렸으나, 혹시 휴전이 됐다 하더라도 전장에 나간 남정네들이 언제 귀국할는지 까마득한 일이었다. 우리는 맨손으로 호랑이도 때려잡을 듯싶은 뱃사람이 있고, 나를 뺀 우리 일행 둘도 힘깨나 쓰고 한 가닥씩 하는 솜씨로, 우리 세력이 막강하니 섬사람들은 기가 죽어 버렸다.

그 섬에 처녀는 한 사람도 없었고, 기껏 젊은 여자래야 우리 세 명보다 십여 세 위의 아낙네들이었다. 우리는 이 여인네들과 친해져야겠다고 마음먹고 조선의 미풍양속을 들려주기도 하고, 불교가 중국과 조선을 거쳐 당신네 나라에 건너오게 됐다는 얘기며, 임진왜란 때 납치되어 일본에 온 우리 조상 도자기공, 한문을 전해 준 왕인 박사 등을 이야기해 주면 그네들은 아주 재미있게 들었다. 또 일본의 동화나 애로틱한 일본 소설 줄거리도 들려주고, 참말 거짓말을 섞어 가며 섬나라 이야기를 꾸며 내어 간간히 일본의 노랫가락을 읊조리며 아낙네들의 어깨나 팔뚝을 때려 가며 청승맞게 지껄여 대면, 어린애처럼 손뼉을 치며 좋아했다.

"네에짱 나니까 다베모노 나이까네(누나, 뭐 먹을 것 없어)?" 하면 "아이고 어쩌나. 물밖엔 대접할 게 없네." 하며 난처한 표정을 짓고 만다. 사실 그들도 죽지 않을 만큼의 죽으로 겨우 연명하는 것이었다. 도시의 공장에 다니는 아들이나 딸이 제사나 부모 생신에 더러 올 때가 있기는 해도 먹을 것을 가지고 오지는 않는다고 했다. 이해되는 말이다. 내가 그녀들과 친숙해지려고 의식적으로 접근한 것은 내 딴엔 속셈이 있어서였다.

이 섬은 땅이 아주 척박해서 조그만 구릉 자락에 심어 놓은 호박 넝쿨이 나만큼이나 야위었지만, 여남은 호박 포기에 열린 호박 중 다만 몇 개라도 구해 보려는 것이었다. 바닷가 벼랑에 소학교 교실보다 약간 큰 헛간에는 마른 미역이 빽빽이 걸려 있고 한쪽 구석에는 멸치젓이 십여 항아리 담겨 있다. 이것은 모두 군대로 보낼 공출 물품이란다. 그러나 아까도 말했듯이 젊은 남자가 없으니 감시한다거나 제지당할 염려는 추호도 없는지라, 우리 일행 셋은 어렵지 않게 먹을거리를 점거했다. 선원과 가족 단위의 소개민들이야 자기네들 먹을 것이 있으니 세 끼 식사를 하며 배

안에서 기거하고 더러는 뱃머리에서 자기도 했다. 다행히 이 섬은 모기가 없어 단잠을 잘 수 있었다.

배에서 빌려 온 솥은 돌을 괴어 걸고 멸치젓을 양념으로 미역국을 끓여 실컷 먹어 댔다. 거저 주는 정도로 값이 싼 생오징어를 넣고 끓인 미역국은 정말 금방 살이 되고 피가 되는 것만 같았다. 반 애원 반 강제로 어렵사리 구한 호박 몇 덩이를 곁들여 먹으며 맑은 바닷물에 해수욕도 하고 시원한 바닷바람을 맞으며 헛간 그늘에서 낮잠을 자는, 그야말로 상팔자로 휴양을 했다. 그랬더니 단 하루 동안에 이질로 피똥을 누는 횟수가 절반으로 줄고, 피똥도 눈에 띄게 적어졌다.

배를 매어 놓은 바닷가에는 천 년 파도에 닳고 닳은 수백 평의 넓은 반석이 바다 쪽으로 비스듬히 깔려 있는데, 낮에는 작열하는 햇볕에 익어 손도 댈 수 없이 뜨겁지만 늦은 밤부터 새벽까지는 따뜻한 침대가 돼 주었다. 엎치락뒤치락 등과 배를 지져 대는 찜질은 이질 환자인 나에게는 최상급의 자연요법이었다. 이렇게 해서 나는 삼 일 만에 건강을 회복했다. 그런데 비행기는 다음 날도 또 다음 날도 모습을 보이지 않았다. 무슨 변화가 있긴 있는 것 같은데 도무지 영문을 알 수 없었다.

풍랑이 잦아들자
도원경이 찾아들고

1945년 8월 18일(음력 칠월 열하루, 토요일). 나흘간의 체류를 끝으로 그 섬을 떠나게 됐다. 아주 작은 배인 '덴마선'을 타고 이웃 섬에 갔던 선원이 화약을 구해 오고, 그동안 고장 수리를 해서 오후 늦게 섬 앞바다를 두세 바퀴 돌며 시운전을 해 보고서야 출항했다.

한 오 분쯤이나 나갔을까? 느닷없이 파도가 일기 시작하더니 성난 파도로 급변한다. 파도가 하늘 높이 솟으면 하늘은 보이지 않고, 배가 저 밑바닥에 가라앉았다가 쑥 위로 치솟으면 물결은 순간 떨어졌다가 다시 치솟는다. 내려앉고 솟아오르는 성난 파도와 작은 배는 숨바꼭질을 해 댄다. 물살이 배 안으로 들이치기도 한다. 죽음의 일보 앞에서 모두 사색이 되어 제정신이 아니다. 만약에 내가 이질에 걸린 상태에서 이 꼴을 당했더라면 염라대왕이 할아버지라도 물고기 밥을 면치 못했을 거다. 불도저 앞에 삽질이요, 반석에 계란 던지기도 유분수지, 도무지 손을 써 볼 방도가 없다. 바람을 재우는 제갈량의 술법이 아니고서는 방법이 없다. 그래도 죽을 팔자는 아니었는지 얼마 동안의 실랑이 끝에 성난 파도의 와중에서 벗어나기는 했지만, 그래도 물결이 가라앉을 기미는 보이질 않았다. 결국 우리는 이웃 섬에 간신히 대피했다.

훈도시 차림의 일본인 어부들

날은 밝아 1945년 8월 19일(음력 칠월 열이틀, 일요일). 성난 파도
가 여기저기 할퀸 배는 다시 수리를 해야 했다. 이 섬은 십여 집
이 사는 어촌인데, 중늙은이 영감 둘에 노파가 두셋이요 중년 부
녀자와 애들뿐이었다. 영감은 벌거벗은 몸에 일본 씨름 선수처
럼 '훈도시'만 차고, 여인네들은 요즘 유행하는 미니스커트보다
더 짧아 무릎 위까지 올라붙은 짧은 치마를 입었는데, 몸을 숙이
면 부끄러운 부분만 손바닥만 한 팬티로 가린 채 하얀 넓적다리
가 드러나고 상반신은 알몸으로 축 늘어진 두 개의 젖통이 걸을
때마다 흔들거렸다. 신발을 신은 사람은 하나도 없고 전부 맨발
이었다. 노파 하나가 발가숭이에 '훈도시'만 차고 태연히 돌아다

니는데 신기하고도 이색적이었다. 그러니까 부녀자만이 통치마라도 걸쳤을 뿐, 그 외에는 머슴애, 계집애들 모두 발가숭이에 '훈도시'였다.

피부는 갯바람에 타서 거무스름하고 체격은 모두 건장해 보였는데, 식량난 때문인지 안색은 파리했다. 집은 대개 흙집이고 더러 목조 건물도 있었는데 그들 고유의 띠풀로 이엉을 얹었다. 방은 어두컴컴하고 매우 불결해서 그 당시 조선 빈민의 집과 다를 것이 없었다. 일본 농가는 대부분 문을 달지 않고 대개 생나무 울타리를 두르는데, 먼젓번의 섬과 이 섬은 울타리가 없었다. 집집마다 몇 개의 걸대에 오징어를 말리고, 생오징어는 지천으로 흔해 값이 아주 헐해서 실컷 먹었으나, 아쉽게도 호박 한 덩이 살 곳이 없었다.

대마도에는 제주도 사람도 더러 섞여 산다는데, 이날 제주도 여인과 일본 여인 대여섯 명이 한 패로 어울려 전복을 따러 가며 거룻배에서 노래를 부르며 노를 젓는데, 노래 가사는 알아들을 수 없었다. 천진스럽기도 하고 퍽이나 낭만적인 정취마저 풍겨 지금도 그 정경이 떠오르고 더러 꿈도 꾼다.

배는 다시 완전하게 수리됐고 바람도 잔잔하여 이날 밤 늦게 섬을 떠나는데 유난히도 달이 밝아 향수에 젖어 들었다. 얼마 나아가 조그만 섬과 섬 사이의 협곡에 다다랐다. 섬 사이를 빠져나갈 때는 마치 시냇물을 거슬러 올라가며 뱃놀이를 즐기는 기분이 들었다. 금색과 자주색으로 수를 놓은 듯, 물 밑바닥에 깔린 돌과 바위는 영롱한 광채를 뿜어내고, 손을 넣으면 금방 잡힐 듯싶다. 달이 또 하나 물 위에 떠 있다. 배는 숲에서 쉬다 바위에 앉았다 하는 노인의 걸음으로 멈추는 듯 꿈틀거리며 움직이는데, 물은 맑고 잔잔하며 산은 곱고 고요하다. 머리 들어 바라보니 산머리에 또 하나의 달이 내려와 세상을 찢어지게 밝혀 주는데 기암괴석은 포효하는 호랑이 모습이 있고 또 사자가 춤추는 모습도 보여 준다. 계곡에 고개를 내밀고 있는가 하면, 웅크리고 있는 작은 짐승의 무리가 있다. 날개를 펴고 창공을 날려 하고, 나뭇가지에 앉아 부리를 맞대고 애무하는 새들이 있다. 이 모든 형상이 살아서 생동한다. 그뿐이랴! 작은 나무는 작은 대로 저희들끼리 손을 맞잡고 넝쿨을 끌어안고 한 무리가 되어 밀어蜜語를 속삭이고, 아름드리나무들은 가지를 맞잡고 춤을 춘다.

125

이 아름다움의 극치, 이 황홀함, 산자수명山紫水明의 선경仙境! 심청이가 본 용궁도, 도연명의 《도화원기桃花源記》에 나오는 무릉도원도 이에 더할까 보냐! 스무 자 비단 폭 솔거의 그림 솜씨로도 다 담을 수 없을 것이고, 이태백의 글재주인들 충분치 않으리라. 내게 시를 짓고 글을 쓰는 재주 없음이 안타까울 뿐이다. 이렇게 선경을 벗어나니 다시 망망대해. 엔진 소리도 경쾌하게 밝은 달밤을 앞으로 앞으로 배는 달린다. 아름다운 풍경에 취한 나는 오랫동안 잠을 못 이루었다.

보고파 몸부림치고 목메어 울던
고향 땅으로

바다에서 이렇게 하룻밤이 밝으니, 이 날은 잊지 못할, 잊을 수 없는, 1945년 8월 20일(음력 칠월 열사흘, 월요일)이다. 이날 처음으로 주간 항해를 단행했다. 순조롭게 나간다면 오전 일찍 부산항에 닿을 수 있다고 한다. 가슴이 설렌다. 그해 여름은 지독하게 더웠다. 가마니때기를 걸치고 햇볕을 가려도 땀을 주체할 수가 없고, 바닷바람도 더위를 식히질 못했다. 가끔 배 한쪽만 비스듬히 모습을 보인 채 가라앉아 있거나, 침몰되어 물 위에 돛대만 내민 군함이나 기선汽船의 잔해가 보이기도 했다. 또 양태만 하게 불은 송장이 여기저기 표류하는 것을 볼 때마다 전쟁의 참혹함에 몸부림쳤다.

소이탄, 폭탄, 기총 소사, 함포 사격……. 인간이 만들고서 결국 인간이 죽었다. 저 배의 잔해를 삼킨 바다도, 표류하는 송장도 아무 말이 없고, 주위는 바다 물결뿐인데 일엽편주 작은 우리 배만 독무대로 넓은 바다를 미끄러지고 있을 따름이다.

선원이 저 멀리를 손끝으로 가리키며 말한다. 수평선 저 끝머리 점 하나 찍어 놓은 것이 부산항이란다. 배야 더 빨리 가자. 네가 말이라면 궁둥이를 힘차게 차고 채찍질하며 박차를 가할 것이다.

오전 아홉 시경 후미진 산모퉁이 외딴집 앞에 배를 댔다. 선원 한 사람이 탐문하러 갔다가 뛰어오더니 외친다.

"해방이다, 해방."

그 소리에 우리 모두는 감격의 눈물을 흘렸다. 오전 열 시. 우리는 마침내 조국 땅에 다시 두 발을 힘차게 내디뎠다.

1945년 8월 10일 일본을 탈출하여 8월 20일 10시, 드디어 나는 고국에 닿았노라. 얼마나 그립던 내 땅이냐. 너를 보고파 얼마나 몸부림치고 목메어 울었더냐.

1979년 8월 15일 펜을 들어 9월 24일 맺는다(당년 58세). 127

후기

일
본
탈
출
기

●부둣가 도로 양편에 즐비하게 늘어앉은 여인들의 모습. 판
자를 댄 평상에 더러는 땅바닥에 가마니 떼기를 깔고, 김밥이며
갖가지 떡과 과일 등속을 수북이 쌓아 놓고 서로 손을 까불며 손
님 부르기에 열을 올리고 있다. 값도 싸다. 이십 전어치 먹을거리

를 한 번에 먹기가 벅차다. 일행 셋이서 이것저것 잔뜩 사서 나무 그늘에서 먹어 치우고 남은 건 보따리에 쑤셔 넣고서 땀을 씻었다. 부산 중심가 곳곳에 무장한 일본군이 정렬하여 철통같은 경비를 하고, 파출소에는 일본인 순사가 떡 버티고 앉아 있다. 거리를 오가는 사람의 얼굴 모습에서 조국 해방의 벅찬 감격이나 희열 같은 걸 도무지 느낄 수가 없다.

'해방 만세'니 뭐니 하는 초라한 벽보가 더러 눈에 띌 뿐이고, 사람들의 왕래가 빈번한 거리마다 먹을거리를 파는 잡상인 여인네들이 떼 지어 있는 광경만이 조금 예외적인 모습이었다. 비록 일본군이 치안을 담당하고 있는 상황이라 할지라도 이처럼 무표정, 무관심일까? 의아하지 않을 수 없었다.

129

일본군이 물러간 자리에 미군이 들어왔다. 무장해제를 하지 않은 채 철수하는 일본군(왼쪽 사진)과 1945년 8월, 조선총독부 건물(해방 후 중앙청) 앞에서 행사를 펼치는 미 7사단

●부산 역 광장 한쪽 구석은 온통 사람의 배설물로 뒤덮이고, 변소마다 발을 들여놓을 곳이 없다. 소변기나 변소 바닥과 주위 할 것 없이 한결같이 배설물 더미다. 해방된 지 불과 6일 사이에 이렇게도 급변했단 말인가? 배설물의 주인공은 누구냐? 우리 조선인이다.

"조선인은 똥오줌 가릴 줄 모르는 미개인이다." 이 말은 이 땅에 상륙한 미군의 입에서 나온 말이고, 건국 후 본국에 돌아간 어느 외신 기자는 "한국은 도둑놈의 나라다. 한국에서 민주주의를 바라는 것은 쓰레기통에서 장미꽃이 피기를 바라는 것과 같다."고 혹평하기도 했다.

주한 영국 대리공사 '아담스'는 1950년 10월 8일 자로 본국에 띄운 보고서에서 이렇게 말했다.

"역사상 한국인들은 가장 도둑질을 잘하고 구걸을 잘하는 사람들이다. 이곳에 있는 대부분의 외국인들은 한국인들의 지성, 관습, 능력, 근면성에 대해 매우 낮은 평가를 내리고 있다. 이들에게 어느 때쯤 자치 능력이 생길 것인지 매우 의심스럽다."

같은 해 12월 5일 자에는 또 이렇게 말했다.

"나는 이승만이나 그의 정부 각료들이 좋은 자들이라곤 생각지 않는다. 좋은 것과는 거리가 멀다. 이러한 비판은 비단 한국정부뿐만이 아닌 한국인 전부에게 해당된다. 간혹 좋은 사람이 있기는 하나 그 수는 너무나도 적다. 이것은 일본의 보호 조치와 미국의 응석받이 보호가 한국인을 현재와 같이 타락시켜 놓았다고 본다. 결론적으로 나는 이 나라의 밝은 장래를 기대할 수 없다고 본다. 적어도 자율적이라든가, 미국의 보호하에선 불가능하다는 점이다. 과연 누가 이들을 지도해야 하는가?'

'아담스'는 영국 의회와 합세하여 이렇게도 떠들어 댔다고 한다.

"한국의 이승만은 정신 이상 증세가 있는 자라고 한다. 일본 치하의 한국인들은 모두 막노동꾼뿐이었으므로 영국 정부는 훈련된 행정 관리를 한국에 파견하여 통치토록 하라."

이 얼마나 모욕적인 언사이며, 우리를 분노케 하는가. 그러나 우리 스스로는 전혀 반성할 점이 없는지 자성해 보아야 할 것이다.

●부산 역에는 조선인 직원 몇 사람들이 우왕좌왕하는 가운데 질서고 뭐고 있을 수 없는, 문자 그대로 난장판이었다. 매표나 검표도 없는 무임승차인데, 차 시간표도 없이 불규칙적으로 열차를 운행하여 몇 시간 만에 열차가 들어서면 서로 밀치고 떠밀고 아수라장을 벌여 노약자는 아예 승차를 포기해야만 했다. 만약에 한 사람이 넘어지기라도 한다면 줄줄이 넘어지고 밟히고 해서 대형 압사 사고가 터질 게 틀림없었다.

아슬아슬 곡예하듯 해서 아비규환의 소용돌이 속에 어렵사리 열차에 몸을 실었다. 열차 안은 사람으로 꽉 차서 터질 듯, 바늘하나 꽂을 틈도 없었다. 악다구니를 치며 떠들어 대는 속에서 땀으로 목욕을 하며, 꼬박 열흘을 넘긴 극적인 일본 탈출의 피로를 이겨 내며 대전 역에 닿았을 때엔 이미 밤이 깊었다.

대전 역 주변의 이름 모를 여관방에서 하룻밤을 보내고 다음 날 일찍 대전 역으로 나가 정읍행 호남선 열차를 기다렸다. 이곳 대전 역도 부산 역과 다를 것이 없었다. 배설물 전시장이요, 매표 나 검표가 없는 것도 마찬가지였다.

1945년 8월 21일 오후 늦게 비로소 고향 줄포 땅에 섰다.

이 글은 내가 58세 때인 1979년에 썼던 것을 다시 1987년에 정리한 것인데, '일본 탈출기'란 제목이 조금 마음에 걸린다. 열 달에 불과한 일본에서의 고생이 그리 대단할 것도 없고, 나보다 수백 배 더 심한 고초와 괴로움을 당한 사람이 얼마나 많을 것이 며, 똑같은 태양, 꼭 같은 달과 별 아래서 꿈길에도 고국을 그리 며 눈물짓는 사할린 억류 동포의 창자가 끊어지는 슬픔에 어찌 비할 수 있으랴!

보통학교(초등학교) 동기 동창 김기성은 학교 앞 도로에 일렬로 학생들, 기관장, 유지들이 가득 모인 가운데, "오오기미니 메사레 따루……(천황에게 부름을 받아)." 군가를 제창하는 환송회에서 국 민복 차림에 전투모를 쓰고 늠름한 자세로 소위 성전聖戰에 나서 던 그날이 마지막이 되었다. 어느 땅 어느 곳에서 무덤도 없이 외 로운 영혼으로 떠도는지……. 징병, 학도병, 징용, 정신대 등으로 끌려 가 개죽음이 되어 그 이름조차 잊힌 우리 조선인이 그 얼마 일꼬……

　'일본 탈출기' 운운 한다는 것이 송구할 뿐이다. 그저 나라 잃은 시절에 한 가난한 사람이 겪은 이런 일도 있었다는, 하찮은 수기의 한 토막쯤으로, 나 스스로 여기는 것이다.

　　　　　　　1987년 7월 7일, 촌 늙은이가(당년 66세)

2부

내 고향 줄포

폐항이 된 즐포항 풍경

줄포의 전성기와 폐항

뱃고동 소리 멈추자 갈매기 떼도 사라졌고
지난날의 영화榮華는 간 곳 없이
갯벌엔 애꿎은 나문재 풀만 무성하다

서해 중부 이남의 4대 항구(제물포, 군산, 줄포, 목포) 가운데 하나
인 전북 부안군 건선면 줄포리 줄포항全北 扶安郡 乾先面 苗浦里 苗浦
港은 어항으로, 물자 집산지로, 조선 쌀의 일본 수출항으로 호황
을 누릴 즈음엔, 일본과의 서신 연락에 기다랗게 주소를 쓰지 않
고, '조선 줄포항 아무개'로 통할 만큼 명성을 떨쳤으니, 그 시절
이 줄포의 전성기라 할 것이다.

60여 년 전(이 글이 쓰인 1987년 기준)의 줄포공립보통학교(줄포초
등학교)의 교가와 응원가도 이를 뒷받침하기에 충분하다.

서쪽엔 변산 숯아 있고 비다엔 위도*의 경관일세

물자의 집산 성왕하여 세상에 알려진 줄포항

모이고 흩어지는 쌀 끊임없고 어물의 쌓임이 한이 없어라

바다 물결 잔잔하고 물 맑으며 세상에 알려진 줄포항

— 줄포공립보통학교 교가

천배산*의 수호를 받아 마음과 몸을 갈고 닦아

언제나 우리 적군(또는 백군) 승리 승리 승리 승리

용왕님의 수호를 받아 마음과 몸을 갈고 닦아

언제나 우리 백군(또는 적군) 승리 승리 승리 승리

— 줄포공립보통학교 응원가

선창가를 매립하기 전에는 '삼양사(현 정부양곡 도정공장, 김판기 소
유)' 앞에서부터 사거리를 지나 '줄포지서' 앞을 지나는 부안선 도

● 위도 | 위도는 전라남도 영광군 위도면으로 행정구역 상은 전남이지만 생활권은 줄포였다. 위도와
영광 앞바다의 이른바 칠산어장에서 잡은 고깃배가 줄포항에 입항했고, 줄포에서 식량과 기타 생활필
수품을 사갔다. 1963년 1월 1일 위도면이 전북 부안군에 편입되어 오늘에 이름.
● 천배산 | 줄포공립보통학교 뒷산 부안 김씨 선산에 세워져 있는 임진왜란 공신 해옹공(海翁公) 신도비
엔 천대산(天坮山)으로 새겨져 있다. 일본인들이 격하시킬 의도로 '천배산'으로 고쳐 불렀다고 전해짐.

138

내
고
향
줄
포

로의 남쪽 일대가 바다였고, 농협에서 '삼양사' 지점까지는 '언堰
뚝거리'라 불리었고, 도로 양편에 즐비하게 늘어선 생선 가게와
젓갈 가게에선 비린내가 가시지 않았다.

　농협 이쪽 부안선 도로 앞쪽은 수심이 얕아 작은 배가 닿고 큰
배는 언뚝거리에 모였다. '삼양사' 매갈이간(정미소)이 언제쯤 생
겼는지는 잘 모르겠으나 그 규모가 웅장하고 무척 넓어서 위아
래 마당에는 집채보다 큰 노적가리(한데에 수북이 쌓아 둔 곡식 더미)
가 빽빽이 들어찼었다.

　'삼양사'는 자체의 소작료와 농부에게 사들인 나락을 찧어 일
본으로 수출했는데, 곡물검사소의 엄격한 검사를 거쳐 일등미와
이등미로 구분하여 군산항에서 모선母船에 싣기도 하고, 발동선
으로 직접 일본으로 실어 가고, 돌아올 때는 일본에서 각종 물품
을 실어 왔다. '조선식산은행'과 '줄포파출소' 그리고 '곡물검사소'
가 다 '삼양사'를 중심으로 형성된 기관이었다.

　'금정상점今井商店'은 2층으로 된 큰 가게에 생활필수품을 가득
쌓아 놓고 도산매를 했는데, 당시 정읍군과 고창군 일대에서도
이곳에서 도매로 물건을 사갔다.

　줄포에는 만석꾼 신세원辛世源, 삼천석꾼 김삼여金三汝, 천석꾼
김동준, 백석꾼 김학선金學先 배일환裵一煥 등 몇 백석꾼이 허다하
여 부자 모꼬지(놀이나 잔치 또는 그 밖의 일로 여러 사람이 모이는 일)한

곳이 줄포라고 했다. 일본인 '삼태조유三宅助六'은 큰 지주로 이름 나 있었고, 대동리 원대동 부락에서 일제 말기에 줄포리로 이사 왔던 '원부상길圓部常吉'도 지주로 이름났었다.

원래 부안군청은 부안(당시는 부령면扶寧面)에 있었고, 부안경찰 서는 줄포에 있는 등 모든 중요 기관이 줄포에 집중돼 있었다. 조선에서 큰 부자로 이름을 떨친 김성수金性洙의 큰집과 작은집이 줄포에 살았으니 당시의 일제 강점기 줄포가 어떠했는지는 길게 설명하지 않아도 알만 한 일이다.

전국적으로 소문난 '삼양사' 매갈이간은 백여 명의 일꾼들이 들끓었고 고깃배에서 생선을 내리는 지게꾼이며 쌀을 배에 쌓아 올리고 일본에서 들어오는 상품을 배에서 내리는 노동자들로 붐볐다. 여기에 또 소규모 매갈이간이 몇 군데 더 있어 일거리가 많아 "전북에서 돈 잡으려면 줄포로 가라."는 유행어가 생겼고, 인근 고창군 일대에서 줄포로 유입하는 인구가 늘어 갔다. 현재 줄포 일대와 우포리 옹암 부락 등지에 고창군 등 타지에서 들어온 사람들의 이세二世들이 약 이삼십 프로를 차지하고 있다.

각 매갈이간은 주요 지점마다 중간 상인을 두고 나락을 사들여 건조 작업부터 시작하므로 노동자의 일거리는 넘쳤었다. 이무렵은 '미두米豆(현물 없이 쌀을 팔고 사는 일. 실제 거래를 목적으로 하는 것이 아니고 쌀의 시세를 이용하여 약속으로만 거래하는 일종의 투기 행위이다)'가 성행한 시절이었다. 군산에 '관인취인소官認取引所(상품, 유가 증권

140
벼
고
향
줄
포

따위를 대량으로 거래하는 상설 시장으로 거래소의 옛 용어)'가 있어 하루에
도 변동이 심한 쌀의 시세를 걸고 하는 도박인데, 가산을 탕진하
는 사례가 적지 않았다.

조선 쌀 중에도 특히 전북 쌀은 일본인이 가장 즐겨 먹는 쌀이
었다. 대판大阪 등지에서 '송죽매松竹梅'라는 정종을 제조했는데,
전북 쌀만 썼다고 한다. 대판뿐만 아니고 일본에서 정종을 만드
는 데 거의 전북 쌀을 썼을 것이라 추측되기도 한다.

칠산어장에서 잡힌 어물은 항시 지천으로 쌓여 있었다. 위도
등지에서 잡은 조기는 줄포항의 특산물로서 전국적으로 알아주
었다. 트럭에 실린 조기는 주로 전주 지방으로 운송되어 전국에
퍼져 나갔는데, 교통수단이 미비한 데다 냉동 시설 따위가 없던
시절이라 주체를 못 하는 조기를 걸대에 걸어 말려 굴비를 만들
고, 배를 갈라 말려 가조기(배를 갈라 넓적하게 펴서 말린 조기)를 만들
고, 커다란 옹기 항아리에 젓 담그듯 담가 독조기를 만들었다. 땅
에는 조기 무리요, 공중 걸대엔 굴비와 가조기가 하늘을 가렸다.

조기 외에도 고래 고기와 바다 물가마귀도 비쳤고, 요즘 대우
받는 아구와 광어 따위는 그때는 어물 축에 들지 못했다. 고등
어와 은상어는 가난한 사람 차지요, 도미는 일본인과 부자들만
의 전유물이었다. "보리누름(보리가 누렇게 익는 철) 광어는 개도 안
물어 간다."고 했는데, 빨리 부패되어 미처 팔리지 못한 광어는

썩어 버리기 때문이었다.

1927년엔가 지금의 서빈동 일대가 매립되면서부터 줄포항은
더욱 활기를 띠었다. 항구를 확장한 것이다. 옹암 부락 남쪽 산벼
랑, 도살장 자리 뒷산 일부와 지금의 '줄포중고교' 남쪽 아래 언덕
에서부터 김영춘의 집 부근까지의 흙을 퍼다 매립하는 데 썼는
데, 레일을 깔고 네 바퀴가 달린 궤짝(일본어로 '도로꼬')을 두 사
람이 한패가 되어 흙을 실은 뒤 밀어 날랐다. 한창 밀다가 약간
경사진 곳에서는 궤짝 뒷머리에 올라타고, 급경사가 진 데서는
칫대(일본어로 '하도메')를 내려 속력을 줄이는데, 흙을 싣고 달리
고 빈 궤짝을 밀고 되돌아오고 하는 것이 개미 떼처럼 보였다.

1930년쯤 매립 공사가 완성된 터에서 군내 기관장, 유지, 줄포
면민이 모인 가운데 '소방대'와 '줄포보통학교', 일본인 '심상소학
교'가 어울려 성대한 운동회를 열었다. 이 매립 공사는 일본인 몇
사람의 합작 사업으로 이뤄진 공사였다. 이 터에 '줄포만茁浦灣어
업조합'이 들어서면서 객주客主제도는 사라졌다. 당시엔 박경삼,
안인선, 신상언, 김길순 등이 운영하는 여러 객주가 있었는데, 그
중에도 박경삼은 요즘의 안강망에 해당하는 중선中船 육십여 척
을 관리하는 큰 상인으로, 황해도 출신의 이봉민을 도서기都書記
로, 그밖에 많은 종업원을 두고 전문 객주를 했다. 거래하는 선박
을 번호로 처리하는데, 위도와 고군산도, 비안도를 비롯 여러 곳

에서 입항하는 배를, 종업원이 "몇 번 중선이 들어왔습니다." 하면 "선장 아무개도 왔느냐."고 되묻는데 그 많은 배에 대해 조금도 틀림이 없었다고 한다. 특히 일자무식인데도 그의 기억력에 모두 감탄했다고 전해지며, 사람을 압도하는 모습이어서 감히 그 앞에서 고개를 들고 말을 못 할 만큼 잘난 인물이었다고 한다. 안인선도 배를 부리며 객주를 했다.

한창 성어기에는 고깃배, 화물선, 크고 작은 각종 선박이 들고 나고 해서, 하루에 백 척인지 그보다 더 많은지 분간키 어려웠고, 하얀 옷을 입은 사람들의 무리가 수라장을 이루어 혼잡하기가 가히 아비규환 그것이었다. 만선을 이룬 고깃배는 오색찬란한 풍어 깃발을 바람에 날리며 풍물을 치며 들어오고, 마중나간 선주와 객주들이 손을 들어 화답하고 소리치며, 미처 빠져나가지 못한 배는 한쪽으로 밀리니, 바다와 선창이 와글와글 들끓었다.

곰소는 인가가 서너 집에 불과한 섬이었는데, 지독한 흉년이었던 1939년 일본인이 개인 자본으로 항구를 만들어 곰소항이 이루어졌고, 그 후 '줄포어업조합 곰소위탁판매소'가 생겼다. 곰소는 수심이 깊어, 생전 처음 발동선을 타고 앞바다 멀리 정박해 있는 기선을 견학한 것이 1930년경의 일로 기억된다. 이재헌 선생님의 인솔로, 기선이란 쇠붙이로 만든 배에 오른 우리 꼬마 학생들은 환성을 질러 대 꾸지람을 듣기도 했다. 이제 세월이 흘러 곰소도 쇠퇴해 가고, 지금은 격포항이 한창 개발 중에 있다.

143

1931년 7월 1일, 건선면乾先面이 줄포면茁浦面으로 행정 구역 명칭이 변경되었고, 그 몇 년 후 경찰서가 부안으로 옮겨 가면서 '부안경찰서 줄포주재소'로 격하되었고, 경찰서장 자리가 주재소 수석으로 바뀌었으며, 그 후 얼마 지나지 않아 곡물검사소도 옮겨 갔다. 행정권의 핵심에서 벗어난 것은 당시 지방 유지들이 힘을 쓰지 않은 탓이란 안타까운 말이 한동안 오르내렸다. 항간에서는 서류 보따리를 싣고 한밤중에 면민들 모르게 부안으로 옮겨 갔다는 말도 있는데 이건 터무니없는 낭설이다. 경찰서 앞 도로에 면내 기관장, 유지, '보통학교'와 일본인 '심상소학교' 학생들이 늘어서서 기관이 옮겨 가는 것을 전송했었다.

순사는 금테 두른 모자에 칼을 찼으며, 서장 역시 금테 두른 모자에 양복저고리 소매 끝에 금테를 두르고 양 어깨 부분에 주먹만 한 장식품을 달고 긴 칼을 찼었다. 유지들의 인사말과 서장의 답사가 있은 다음 서로 악수를 나누고 서장이 차에 올랐다. 이때도 구경꾼이 많이 몰려 먼발치에서 바라보았다.

이렇게 줄포면은 행정권에서는 많이 소외돼 갔을망정 경제면에서는 더욱 발전하였다. 바다가 조금씩 토사로 메워지면서 과거와 반대로 '곰소어업조합 줄포출장소'로 변했다가 1966년인가 67년인가에 아예 폐쇄됐다. 이렇게 줄포항은 폐항이 되었다. 과거엔 생선이 지천으로 쌓여 "사월 초파일 생선은 중도 먹는다."는 말이 있었지만, 이젠 그 말도 옛말이 되었고 언뚝거리는 찬바람만 휘돈다.

일제 강점기
일본인 분포 상황

● 요시무라 현 서빈동 김만수 집 자리에서 작은 선구점船具店 운영.

● 마베 현 서빈동 박순엽 집 뒷자리에서 목화 장사를 했는데, 큰 목화 창고를 두고 목포에까지 거래를 했음. 속칭 '마베 창고'는 일제 말기 목화 공출 공판장이었고, 해방 후엔 이곳에서 영화 상영도 했다.

● 우치다 현 서빈동 김광웅 집 자리에서 2층 건물을 짓고 선구점을 하던 대상大商으로, 소방대장을 했고 어업조합을 설립했으며 인품이 중후重厚함.

● 아나부키 현 서빈동 김상배 집 자리에서 과자와 주류 등을 파는 잡화상 운영.

● 마쓰바 현 남빈동 김경호의 정미소 자리에서 미곡상을 함.

● 다카야마 현 금동 이동규의 점포 자리에서 자전거포를 운영했는데, 금동의 박동구가 기술자로 그곳에 근무함.

● 니키 현 본동 문이식의 농약상 옆 자리에서 약국 운영. 아내는 예쁘장하고 얌전한데, '니키'는 볼품없는 용모에 키는 큰데 일본인 두루마기인 '하오리' 차림으로 거리나 마을을 돌아다녔으며, 알몸에 불알싸개인 '훈도시'만 했으므로, 늘어진 불알싸개 사이로 물건이 덜렁거려도 개의치 않았다. 상놈이라고 손가락질 해대고, 자기네 일본인 사이에서도 대우를 못 받았다고 기억된다.

● 오오모리 현 본동 임종락의 쌀가게 부근에서 잡화상을 운영. 이 잡화상은 해방 후 한때 버스 정류소로 이용됨.

● 기쿠치 현 본동 고장주의 양복점 자리에서 잡화상 운영. 원숭이 한 마리를 키웠음.

● 고오다 현 본동 '김인규 대서소' 자리에서 목욕탕 운영. 사업에 실패한 후 이성렬 집 뒤의 오막살이에 살며 일본인의 나막신인 게다를 만들었음. 가난한 조선인들과 곧잘 어울려 막걸리 집을 찾았으며, 그 아내는 조그만 몸매에 몹시 사나웠다. '여시옥상 (여우아줌마)'이란 별명을 불러 대면 기를 쓰고 꼬마들의 뒤를 쫓 았다.

● 후지오카 현 금동 박옥현의 '오성 수퍼' 자리에서 '줄포 여관' 운영. 이름은 여관이지만 고급 요정을 겸해 고위층 관리가 오면 호화판으로 놀아나던 곳으로, 일본인과 조선인 여급이 여럿 있었 음. '후지오까'가 죽은 뒤 그의 처는 홀아비가 된 '스구다'와 재혼 했는데, 재혼하기 전에 조선인 미남들과 염문을 많이 남겼다.

● 야스다 현 본동 '삼화 양로원' 자리에서 2층 건물의 도소매상 을 운영함. 일본에서 직수입한 각종 생필품을 산처럼 쌓아 놓고 부안군, 정읍군, 고창군 일대의 소매상을 상대로 도매함. 상호商 號는 '이마이쇼오뗑今井商店'.

● 스쿠다 현 수문통 거리인 본동의 '태양 당구장' 자리에서 제과 업을 운영. 조선인 선비들과 교류가 깊은 선비형으로, 아내가 죽 은 뒤 남편을 잃은 '줄포 여관' 안주인과 재혼함.

● 다카모리 현 수문통 거리인 서빈동 문제병의 석유집 자리에서 일본인이 운영하는 유일한 대장간을 했음. 깡마른 몸에 안경을 쓰고 망치질하는 모습이 떠오름. '다카모리' 옆집에서 신발 장사를 하던 일본인은 이름이 기억나지 않지만 현재 최대식의 목공장 자리에서 살았음.

● 야마다 현 서빈동 박진영의 '영빈 식당' 옆 도로가 생긴 자리에서 우체국에 딸린 관사에 거주한 우체국장.

● 고사카 현 수문통 거리인 서빈동 심봉덕의 구멍가게 자리에서 사기그릇을 팔았음.

● 오카노 현 서빈동 양유근 집 자리에서 병원 운영. 멍텅구리 의사로 불렸는데, 의술은 시원찮아도 약품만은 좋은 걸 쓴다는 평판을 들었고, 무척 호인이었는데 독자인 아들이 폐결핵 환자였음.

● 소노베 현 용서동 지서 뒤 박옥동 집 자리에서 농사를 짓고 산 큰 지주. 원래 대동리 원대동 윤창용 집 앞 넓은 밭에 외딴집을 짓고 농사를 짓다가 일제 말기에 이곳으로 이사 옴.
큰 지주였어도 지독한 구두쇠로, 약게 노는 사람을 가리켜 '소노

베 같은 놈'이라 불렀음. 소작료 감정 평가를 할 때는 소작인한테
는 막걸리 한 잔 신세를 지지 않고 허리춤에 도시락을 달고 다녔
음. 서기도 두지 않고 혼자서 재산 관리를 했는데, 토지대장과 지
적도 그리고 소작인 가족 사항까지 기록된 각종 문서와 장부를
꼼꼼히 정리해 둠. 객지에서 부득이 밥을 사 먹게 될 경우 값싼
조선인 음식점을 택했는데, 반찬을 전부 먹어 치우고 간장까지
들이마셨다는 믿기지 않는 소문이 자자했음.

아들이 '이치주, 니주, 산주, 시주, 고주' 등 여럿인데 그 중 하나는
해방 후 면내에서 일 년 남짓 안면 있는 집을 찾아다니며 숙식을
했는데, 언제쯤 일본으로 돌아갔는지는 모름.

● 고다 현 용서동 신연근 앞집 자리에서 담배, 사탕, 과자 등을
파는 잡화상 운영.

● 미야사키 현 본동 변종대 집 자리에서 배를 만드는 목수 일
을 함.

● 아케도 현 본동 '줄포 병원'과 양조장 중간 지점쯤에서 살았는
데, 조선식산은행 줄포파출소장을 지냄. '아케도' 집 부근에 일본
여자 산파가 살았음.

● 아오키 현 '줄포 양조장' 자리에서 술을 만드는 양소업을 했는데, 소주까지 만들었음. '아오키'는 점잖은 사람이었으나 데릴사위인 '아오키'는 아주 불량해서 조선 사람에게 손찌검을 잘 하는 등 소양이 좋지 못했는데, 부안경찰서 줄포주재소 수석 '오이가와'도 꼼짝 못 했음. 하지만 조선인일지라도 세무서 관세과 직원에게만은 굽실거림. 일제 말기 마차 사업도 했는데, 현 용서동 김일봉 옆집 영진 상회 자리가 마구간이었음.

● 미야케 현 금동 이두환 집 자리에 살던 지주. 줄포에서 제일 큰 저택에서 살아 양반이라 불렸음.

● 곤도 현 장성동 당산나무 윗집 자리에 살던 '줄포공립보통학교' 교장으로 인품이 온후함.

● 다카하시 현 장성동 이계홍 집 자리에 살던 지주로, 일본인 중최고 양반. 양복은 일체 입지 않고 일본 옷을 단정히 입고 행동거지가 선비다워 일본인들 사이에서도 가장 존경을 받았음.

● 다카와 현 본동 '대도장 여인숙' 자리에서 고급 요정을 운영했는데, 여급을 많이 두었음. 이 요정이 없어진 후 '줄포 여관'이 생김.

● 구로다 현 율지 부락 은종성 집 자리에서 과수원을 함.

● 고아마 현 월평 부락 '줄포 단위농업 협동조합' 파산리 창고 자리에 살던 소지주로, 소작료를 감정 평가할 때 허리춤에 도시락을 차고 다님.

● 오이카와 '부안경찰서 줄포주재소' 수석으로 주재소에 딸린 관사에서 살았음.

● 쓰지나 힌 징성동 당산나무 위쪽의 '곤도' 교장 댁 부근에 살던 형사.

● 이다 현 용서동 양태근의 자전거포 건너편에 살던 목수로, 후촌 부락의 송규련과 장삼암이 그에게서 목수 일을 배웠음.

이외에도 여러 명의 일본인이 살았으나 이름이 기억나지 않는데, 곡물검사소 검사원과 대서소를 하던 이, 신발 장수, 그리고 간들간들한 몸매에 인사를 깍듯하게 하던 일본인 중이 대나무 울타리에 둘러싸인 절에 살던 기억이 난다.

일본인 호적

일제 강점기 줄포면 호적계에 일본인 호적부가 비치돼 있었다. 본적 란에 직업이 기재돼 있고 양반은 현사족縣士族이니 무슨 반족潘族이니 하여 그 신분이 나타나 있었다. 일본인들의 반상 계층이 엄격하였음을 엿볼 수 있고, 줄포 거주 일본인들 중 대장장이나 게다장이는 함께 어울리지 못했고, 일본인 양반을 만나게 되면 허리가 땅에 닿을 정도로 절을 했다. 상놈 중에도 백정이 제일 천시를 받았다.

1944년 일본에서 겪은 일인데, '에다(백정)'는 자기네 족속끼리 한 마을을 이루고 살면서 자기들끼리만 혼인을 하는 것이었다. 그들은 성격이 아주 거칠어서 멋모르고 시비를 걸었다간 뭇매를 면치 못하므로 마치 못 볼 것을 보는 것처럼 피하는 것이었다. 직업적으로 소나 돼지를 잡는 자를 백정이라 하는 우리네 풍습과는 달리, 그들은 도살을 하는 게 아니고 주로 농촌에서 농사를 짓고 있었다. 자기들끼리만 혼인하는 게 싫어서인지, 백정 아닌 다른 남자들이 백정의 딸에게 수작을 걸면 여자가 기를 쓰고 달려들었다.

중국인 분포 상황

● 록찬정 현 본동 '인물 사진관' 옆 '정읍 꽃집' 자리에서 비단과 포목 등을 파는 '송방' 운영. 당시 건물이 원형 그대로 보존되어 있음.

● 란하춘 현 본동 문이식의 농약상 자리에서 비단과 포목 등을 파는 '송방'을 운영했는데, 집안사람 셋이서 동업함.

● 란발춘 현 서빈동 중앙관 자리에서 비단과 포목을 팔던, 당시 제일 큰 '송방'을 운영했음.

● 조지령 현 서빈동 고광석의 '금강 양복점' 자리에서 비단과 포목, 조선 옷을 팔았는데, '명신 수퍼' 건물 북쪽 지점에서 오랫동

안 장사하다 옮겨 옴.

● 진○○ 현 금동 '중앙 약방' 아래 '백화 식당' 자리에서 중화요릿집 운영. 작부도 여럿 있었는데, 나중에 사위가 계속하다 정읍으로 이사했으며, 독자 아들 '호아'는 '줄포공립보통학교'를 졸업함. 해방 후엔 중국인 안○○가 본동에서 접대부를 서넛 두고 중화요릿집을 했고, 해방 후에 이사 온 유증후가 중화요릿집 '서해원'을 운영하는데, 현재 단 한 집의 중국인 요릿집으로 남아있음.

● 축○○ 현 삭동 징대근의 집 남쪽 외딴집에서 조선인 아내와
애들 몇을 거느리고 채소 장사로 어렵게 지냄.

이외에도 원장동 박경순 집 자리에 살면서 파를 재배했던 중국인도 있었는데, 당시 중국인은 파 장사 아니면 우동 장사요, 송방은 부호급이었다.

일제 강점기 관공서 ·
각종 기관(단체) · 학교

● 줄포면사무소

현 위치. 목조 기와 단층 건물. 북향집. 입구 왼쪽에 구들방인 숙
직실이 달려 있음. 사무실 바닥이 판자라 낡은 곳을 자주 갈아붙
였고 지붕은 비가 새어 해마다 몇 차례씩 기왓장을 손봐야 했다.
직원이 칠팔 명씩 자꾸 불어나면서 일제 말기인 1943년쯤부터
는 임시직과 지도원을 합해 30명이 넘어, 회의를 할 때면 실내를
꽉 메웠다.

한국 전쟁 훨씬 후 신정근 면장 때 구 건물을 헐고 규모가 큰 청
사(현 신청사 뒤 건물)를 지었고, 그 후 현대식 건물로 현 청사를 지
어 1987년 4월 25일 준공식을 가졌다.

청사 자리는 옛날 짐승을 도살하던 백정이 살았던 터라서 귀신
이 자주 나타났다고 전해진다. 일제 강점기에는 청사 동쪽 앞 일

대가 갈대밭이 우거지고 똘쟁이 떼가 우글거리고 게도 많았다. 꼬마들이 갈대밭 한쪽에 버려진 통조림 깡통을 주어다 등燈을 만들어 등불로 쓰기도 했다.

정읍 가는 길과 '삼양사'에 이르는 도로 동편을 강동리江東里, 서편을 강서리江西里라 부르던 시절의 면사무소는 현 교하동 문지순의 집 자리에 있었다고 한다.

● 부안경찰서

1930년인가 1931년에 부안으로 옮긴 후로 부안경찰서 줄포주재소가 되었다. 현 '현대극장' 자리. 남향집. 목조 기와 단층. "고노야로(이 새끼)."라고 소리치며 쇠좆매(수소의 생식기를 말려 나무 끝에 맨 것)로 후려치고 구둣발을 구르면 건물 안이 쩌렁쩌렁 울려 퍼져, 그 앞을 지나는 행인조차 목을 움츠렸다. 서쪽에 있는 연무장鍊武場에서는 검도와 유도를 하는데 쿵쿵 바닥이 울렸다.

1950년대에 '현대 극장'에 팔고 현 위치에 줄포지서를 지었다. 옛 부안경찰서 건물을 철거할 때 커다란 옹기 항아리를 많이 들어냈는데, 이 항아리때문에 소리가 울려 건물을 울리게 한 것임을 알게 되었다.

● 줄포우편국

경찰서 남쪽 건너편. 현 '영빈 식당' 옆 도로에 있었다. 일본인 국장에 조선인 직원이 몇 사람 근무했고, 전보 타전은 '쓰쓰 돈똔 쓰 돈똔' 식의 암호로 했다. 여직원들이 전화 연결도 맡아 했는데, 전화는 각 관공서나 기관 등에 설치됐고 일반 가정은 손가락으로 꼽을 정도였다.

● 조선식산은행 줄포파출소

현 서빈동 '진선미 싸롱' 자리에 있었다. 한국 전쟁 후 몇 년간 '줄포우체국' 건물로 쓰였다. 정읍에 은행이 하나, 부안군에는 줄포에 파출소가 하나였다. 소장은 일본인이고 직원은 조선인인데, 당시 은행원은 월급을 많이 받아서 모든 월급쟁이들에게 선망의 대상이었다. 특히 당시 '삼양사'가 양곡 도정 및 수출로 많은 현금을 취급했기에 '줄포파출소'가 존재할 수 있었다. 다른 부자들도 고객이었지만, '삼양사'에선 매일 돈 자루 몇 개씩이 들고나고 했다. 줄포 멋쟁이는 첫째가 은행원이고 다음은 자동차 운전수로, 그들은 기생이 줄줄 따랐다.

● 줄포금융조합

현 교하동 정읍 가는 길가 '줄포장로교회' 자리에 있었다. 용서동 김학선이 조합장이었는데, 당시는 명예직으로 지금의 조합장과는 성격이 달랐다. 줄포면, 보안면, 산내면의 좌산(현 진서면) 등 3개 면을 관할 구역으로 하여 농민과 서민의 금융을 맡았다.

● 곡물검사소

현 교하동 '김문구 행정대서소' 자리에 있었다. 일본인 소장에 직원은 조선인인데, 일부 일본인도 있었던 것 같다. '삼양사' 쌀 검사가 주업무였고, 군내 장날에는 곡물 가마니 검사를 했다.

● 남선전기주식회사 줄포출장소

현 한전으로 장성동 강종환의 방앗간 옆 자리에 있었다. 역대 일본인 소장 중에 '후꾸다'란 사람이 기억난다. 당시엔 각 관공서나 기관, 부자 몇 집만이 전깃불 혜택을 보았을 뿐이다.

● 병원

현 서빈동 양유근의 집 자리에 있었다. 사람 좋은 '오까노' 영감이 의사였는데, 그의 아들은 폐결핵 환자였으며, 김윤옥이 오랫동안 병원 사무를 맡았다.

● 치과의원

현 금동 이두환의 집 아래채에 있었다. '미야께'의 아들이 의원을 운영했는데, 건물 한쪽엔 사진관이 있었다. 현재 일제 강점기 건물의 원형이 남아 있다.

● 소방대

현 서빈동 강재현 집 옆에 있었다. 소방대장은 일본인 '우찌다'였고, 대원들의 복장은 상하 검정색으로 등에 짐짝만한 무늬가 있으며, 남바위(추위를 막기 위하여 머리에 쓰는 쓰개) 비슷한 모자를 썼다. 간부는 일본인과 조선인으로 구성되어 있었으며, 훈련을 할 때면 나팔 소리에 맞춰 행진을 했다. 1934년쯤 난산리 목하 부락이 진흥촌振興村으로 지정돼 회당을 짓고 소방대를 조직하여, 하판옥이 대장직을 맡았다. 대장 이하 간부는 칼을 차고 다녀서 소방대의 권세는 대단한 것이었으며, 대원은 조선인들이었다.

● 줄포어업조합

현 서빈동 조영주의 경운기 센터에서 남쪽으로 약 10미터쯤 떨어져 있는 목조 슬레이트로 된 단층 건물인데, 지금도 낡기는 했지만 옛 모습을 고즈넉이 간직하고 있어, 옛날의 영화는 찾을 길 없이 영고성쇠榮枯盛衰의 애꿎은 정감만 사무치게 해 준다.

조합 설립에 따른 사연은 이렇다. 선창가 박이서의 집 부근부터 이영복의 집 부근 일대에 영세 상인들이 가마니 떼기를 깔고 노천 영업으로 시작하여 한동안 객주와 경합이 있었으나 약 2년 후 객주가 스스로 물러나면서, 조합을 설립하고 건물을 지었다고 한다. 당시 모든 어획물은 도지사가 정하는 일정한 장소에서 판매해야 했다.

초창기에는 위탁 판매 수수료만 받아 조합을 운영했고, 어획에 필요한 자재와 기구는 개인 상점을 상대했는데, 최초의 선구점은 '우찌다'의 가게였고, '우찌다'는 어업조합 설립에 주력한 사람 중 하나였다고 전해진다.

● 조선운송주식회사 줄포출장소
현 서빈동 송채룡의 집 자리. 창고 등 부대 건물은 없어지고 현재는 사무실 일부만이 옛 모습의 편린을 보여 주고 있을 뿐이다. 속칭 '마루보시'로 통했으며 대한통운의 전신으로, 쌀을 비롯한 줄포항의 각종 물자를 배로 실어 날랐다.

● 줄포운수주식회사
현재의 직행버스 터미널 자리에 있었다. 일본인이 출자하여 회사를 설립했는데, 당국의 방침에 따라 '전북여객자동차주식회사'가 되어 '줄포영업소'로 됐으며, 본사는 전주에 있었다. 8인승, 12인승 등의 너덧 대의 버스가 있었고, 일제 강점기 말에는 세단 두 대도 있었다. 보통학교 한 달 월사금(수업료)이 30전 할 때에 줄포와 정읍 간의 찻삯이 40전인가 50전쯤 했으니, 노동자와 농민은 버스 한 번 못 타 보고 죽는 사람이 대부분이었다. 면내 골목을 돌며 빵빵 경적을 울려, 이 소리를 듣고 나오는 손님을 태우고 차부로 돌아와 기다리던 손님까지를 태우고 출발하던 시절도 있었는데, 정읍까지 갈 때도 이런 방식으로 운행했고, 돌아올 때에는 고창, 흥덕으로 돌아오기도 했는데, 운행 횟수가 하루에 몇 번 되지 않았다.

장철수 집 자리에 차고가 있었다는 말이 있는데, '스구다'와 '다까오' 두 사람이 줄포에서 최초의 일본인 운전수였다는 점으로 미루어 소규모의 차부가 있었을 거라고 추측된다.

당시 버스를 전세 내어 신태인의 '가찌도끼 빠'며 유흥지로 술 마시러 다니던 판국이니 부유층의 씀씀이가 후했고, 또 그만큼 운전수의 월급도 많아서 운전수는 은행원 다음 가는 멋쟁이로 부러움을 받는 존재였다.

세단은 큰 부자들의 나들이나 자녀 혼사 때에 각광을 받았다. 기억나는 운전수 중에 돌아가신 분으로 송인호, 임판술, 최종지, 이종희, 신인봉, 남궁 표, 문홍선, 김동철, 최판진 등이 떠오르고, 살아 계신 분으로 최창술, 은성찬, 은희성, 김용기, 김인수 등이 기억난다.

1933년인가 1934년경 시험을 치러 처음으로 차장을 뽑았는데 경쟁이 치열했다. 시험은 필기와 면접인데, 보통학교와 심상소학교 우등 졸업생들이 응시했다. 일본인 선구점 '요시무라'의 딸과 대장장이 '다까모리'의 딸인가 여동생인 두 사람이 기억나지만 조선인 남녀들은 잘 모르겠다. 버스가 귀하던 시절의 한 풍속도였다.

당시는 서해안 철도 부설 유치 운동이 한창이었다. 광복 후에도 국회의원 입후보자들의 공약 중에 철도 부설 실현 문제가 포함되기도 했지만 한낱 꿈에 그치고 이젠 사라지고 말았다. 물론 지금은 도로가 사통팔달로 잘 뚫렸고 자가용이 대세이니 철도가 굳이 필요 없게 되었다.

● 전북트럭주식회사 줄포출장소
현 남빈동 '남성 식당' 자리에 있었다. 소장은 박인서이며 나중에 서울로 이사 간 유덕남이 직원으로 근무했다.

● 신탄新炭조합
현 금동 변곤수의 집과 그 부근에 있었다. 일제 강점기 말엽에 장복록과 이병을이 주도하여 설립하였다. 변산에서 나오는 풍족한 재목과 목탄(숯), 그리고 군내 일원과 인근에서 거둬들인 재목을 군산과 목포 등지에 판매했는데, 주로 해상으로 운송했다. 신탄은 배에서 밥을 짓는 데 쓰이는 땔감인데, 약 30센티미터, 직경 15센티미터가량으로 장작을 패어 다발로 묶은 '참나무통단'은 당시 굉장한 인기를 끌었다.

● 양조장
줄포면사무소 서쪽 담장 사이에 있는 현 양조장은 일제 강점기 모습 그대로임. 당시 주인은 일본인 '아오끼'였음. '줄포보통학교' 동쪽 아래 원동 부락을 장자골이라 부르는데, 그 부락 입구 우측 에는 대밭이 있었고 대밭 동쪽 끝머리에 목조 초가집 한 채가 있 었는데, '아오끼'가 농사를 지으며 살았던 곳이다. 현재는 밭이 되어 금동 부락 김영섭이 경작하고 있으며 집은 삼사 년 전에 헐 렸다.

대밭 동남쪽 길 양옆에 20여 그루의 '노나무(개오동나무)'가 있었는 데, 노나무 껍질은 민간요법에서 종기 앓는 데 찧어 붙이는 특효 약으로 알려져, 밑동에서 손 닿는 부위까지는 밤중에 몰래 껍질 이 벗겨지는 수난을 당했는데, 몇 그루 남은 것이 해방 후에 없어 졌다.

원래는 용서동에 있는 '부안군농촌지도소 줄포지소'와 그 뒤쪽에 약주와 소주를 양조하는 양조장을 차렸다가 지금의 자리로 옮겼 다. '조선주세령朝鮮酒稅令'이 제정되자 '아오끼'가 재빨리 양조장 을 챙겼던 것이다. 양조장은 일본인의 독점 기업으로 일제 관권 의 비호 아래 일취월장日就月將 발전했다.

● 도수장

'삼양사(현 정부양곡도정공장)'에서 동쪽으로 약 백 미터 지점에 지금 도 당시 건물이 남아 있고 사람이 살고는 있지만, 건물은 매우 낡았다. 십여 년 전 폐쇄됐으나 당시 주요 세원稅源으로 한몫을 했으며, 일제 강점기 말기 이곳에서 숱하게 죽은 소는 일본군의 입 속으로 사라졌다. 당시엔 오직 군용軍用으로만 도살이 허용되었다.

● 절(사원)

현 용서동 김영후의 집 자리. 몇 사람의 스님이 교체되었는지는 모를 일이나, 그들에겐 처자식이 없었던 걸로 기억된다. 이름을 알 수 없지만, 일본인 스님 가운데 보통 키에 간들간들한 40대가 생각난다. 뒤늦게 지은 '신사당神社堂'에서 행사가 있을 때에는 이 스님이 집전執典했었다. 절 주위 대나무 울타리가 아주 인상적이었다.

165

● 신사당神社堂

현 장성동 이계홍의 집에서 약 50미터 북쪽에 있었다. 1936년경 지은 것으로 기억되며, 준공식 기념 일본식 씨름 대회에서 한규성이 일등을 했었다. 신사당은 일본 사람들의 신령을 모신 곳으로, 일제 강점기 시대 조선인들에게 일본 천황제 이념을 강요하기 위해 지은 시설이었다.

● 당구장

현 본동 문이식의 농약상 뒤편, 일본인 '늬끼'의 양약국 서쪽에 있

었다. 줄포를 주름잡는 일류 신사들의 오락실이자 사교장이었
다. 십오륙 세의 예쁘장한 소녀가 살구만한 크기의 굵은 알이 박
힌 주판알을 올리며 '잇뎅겡 늬뎅겡(한 점 두 집)' 하며 점수를 계산
했다.

● 백화점

현 '줄포 단위농업 협동조합' 자리. 점포 넓이가 보통학교 교실 두
개보다 컸던 것으로 기억된다. 물건을 사는 사람은 별로 없고 구
경꾼만이 붐볐었다. 2년쯤 후엔가 폐쇄됐고, 우포리 감동 부락의
홍순홍이 백화점을 다시 개업했으나 많은 손해를 보았다.

● 피병원避病院

이름이 좋아서 병원이지 콜레라(괴질怪疾이라 불림) 환자를 수용하
는 격리 병동이었다. 적발된 환자를 강제 수용하여 그곳에서 죽
게 하는 사형 장소라 함이 마땅할 것이다. 폐결핵 환자도 수용했
다고 한다.

약 70년쯤 전 줄포리 용서동 부락 뒤 김판동의 밭 아래 밭에 처음
으로 병동을 지었다가 후에 줄포리 후촌 부락 '쇠전코빼기'라 부
르는 조수환의 집 아래인 줄포리 801-2 일대 223평에 1927년경
에 지었었고 한국 전쟁 후에 헐었다.

'쇠전코빼기'에 짓기 전에 줄포리 십리골로 옮겼다는 설이 있으

나 고증할 길이 없다. 당시 쇠전코빼기는 인가는 띄엄띄엄 서너 집뿐이고 옛날 무덤이 많은 공동묘지 비슷한 황무지였고, 환자가 죽으면 그 근처에 매장했다고 전해지며, 병동을 지키던 수직守直이 있었을 법한데 거기에 대하여 아는 사람이 없다.

● 출장소

'분통골 밭, 해수통 밭, 고장골 밭'이라 부르는 것은 밭이 있는 지대를 가리키는 말인데, 장동리 각동 부락 꽃나무정이 근방의 밭을 '출장소 밭'이라 하며 지금도 노인들이 그렇게 부르고 있다. 하지만 정확한 위치나 명칭의 유래 등을 고증할 방법이 없다. 다만 '야마사끼'란 일본인 소장이 변산에 심을 나무의 묘목을 재배했다는 설이 있다.

167

● 하우마차조합荷牛馬車組合

일본의 패색이 점차 짙어질 무렵, 식량을 비롯한 모든 물자가 극도로 궁핍한 가운데에도 일제가 가장 뼈저리게 그 부족을 실감한 것이 휘발유였다. 오죽 다급하면 '깨소린 한 방울은 피 한 방울'이라 외쳐 댔겠는가. 소나무 공이로 기름을 짠 송탄유松炭油와 소나무 밑동에 톱질로 상처를 내어 흘러내리는 진을 받은 송진까지 군용 기름으로 쓰였겠는가.

버스는 나무토막과 목탄을 태워 굴렸는데 멈추기가 일쑤이고, 조

그만 언덕에도 승객이 모두 내려서 밀어 올리고 거북이걸음을
해야 했을 무렵, 소나 말이 끄는 달구지는 단연 각광을 받았다.
1943년경 줄포면, 보안면 두 개 면의 약 칠팔십 명 달구지꾼을
의무적으로 가입시켜 '줄포하우마차조합'을 설립했는데, 지금의
남빈동 김길호의 점포 부근에 사무실을 차리고 화물 운송 업무
를 담당했다.

● 마차조합

화물 운송 수단으로 '하우마차조합'이 생기자 버스를 대신한 '마
차조합'이 나타난 것은 당연한 순리라 할 것이다. 현 용서동 '영진
상회' 자리가 당시의 마방간이다. 일본인 '아오끼'와 조선인이 함
께 설립한 조합이었고, 사무실은 현재의 직행버스 터미널 정면
부근에 있었는데, 정확한 위치는 좀 애매모호하다. 마차엔 사오
명의 승객이 탑승했던 것으로 기억된다.

● 원파농장圓波農場

인촌仁村김성수金性洙와 김재수金在洙 등 13명 지주들의 지방 재
산 관리를 했고, '학교법인 중앙학원'의 재산 관리도 겸했다. 교하
동 김상만金相萬 생가에 농장의 사무실이 있었고, 김상만 생가를
관리하던 김판기와 이종순은 이 농장의 원로이며, 김병태(해방 후
동아일보 기자 역임)와 유종섭 등은 이 농장 직원으로 재직했다.

버
고
향
줄
포

● 삼양사三養社

현재 김판기가 운영하는 정부 양곡 도정 공장인데, 지금까지도 '삼양사'로 통하고 있으니, 과거 그 규모의 광대함을 짐작할 수 있겠다. 정미소로 세상에 널리 알려져 있으나, 한편 우포리에 약 5만 평의 간척지 논, 저수지 역할을 하는 저류지 만오천 평을 비롯하여 방대한 토지를 소유하고 있었다. 지점장이 총 책임자였고 십여 명의 직원과 여러 종업원이 있었다. 줄포가 어항이고 군소 지주들도 많았지만, '조선식산은행 줄포파출소'는 '삼양사'를 유일한 고객으로 출발했다.

일제 강점기 말기 공출 제도가 생겨 소작료는 공판장에 출하하고 전표만 지주가 받아 공정 가격의 현금으로 받게 되었는데, 이때부터 지주들의 곳간이 텅 비었고, 해방 후엔 개인 창고가 모두 헐려 영원히 사라지고 말았다.

해방 후 혼란기에 접어들면서, 소작료의 3·7제나 2·8제, 무상 몰수, 무상 분배의 농지 분배를 좌익 계열에서 주장하는 바람에 소작료는 줄어들고 지주들은 농지 매도를 서둘렀으나 실상은 여의치 않았다. 이런 상황에서 '삼양사'의 기능이 크게 약화되다가, 1949년 6월 21일 법률 제 31호로 공포 시행된 '농지개혁법'으로 유상 몰수 유상 분배의 농지 개혁으로 지주 제도가 사라진 데다, 한국 전쟁의 소용돌이 속에서 오랫동안 휴면 상태에 들어가고 김성종이 빈 건물을 관리했다. 그 후 김판기가 빈 건물을 사들여

보수하고 확정하면서 현재에 이르고 있다.

● 줄포공립보통학교와 줄포심상소학교苗浦尋常小學校

줄포리 145번지와 146번지 일부인 장성동에 4년제 보통학교가
개교됐다가 후에 현재의 위치에 신축 이전하여 6년제가 되었다.
전에 노인들에게 들은 이야기로는, 70여 년 전 현재의 학교 터를
닦는 데 면민들이 여러 날씩 울력을 했는데, 이 황무지에서 많은
유골이 나왔다고 했다.

한반도에 있는 일본인을 위한 초등 교육 기관을 심상소학교라고
했는데 4년제 의무 교육으로, 심상소학교를 졸업하면 4년제 고등
소학교에 진학했다. 줄포심상소학교는 줄포에 사는 일본인 자녀
들이 다녔다. 30년대 당시 조선인들이 다니던 기존의 소학교는
모두 보통학교로 명칭이 바뀌었다.

우리나라가 일본에 합병당한 지 어언 78년이 되었다. 한일합방
후 조선총독부가 '조선토지조사령'을 공포하면서 세부 측량을 실
시했고 도망치는 소년 소녀들을 붙잡아 강제로 종두 접종을 시
켰고, 서당을 습격하여 소년들을 강제로 학교에 입학시켰다 하
니, 4년제 보통학교는 75, 6년 전이 아닐까 추측된다.

제1회 졸업 사진을 본 적이 있는데, 열 명 정도의 졸업생 중에는
갓을 쓴 사람도 있고 훈도(교사)는 정복 정모에 칼을 차고 있었다.
'줄포공립보통학교'가 6년제로 승격된 후 군내 다른 곳에는 불과

서너 군데에 4년제 학교가 있었다.

종두 접종을 피하려고 한 것은 당시 천연두 예방 접종임을 모르는 데서 비롯된 오해였고, 학교를 기피한 것은 일본식 교육을 배척한 데에 있었다. 금년(1987년)에 줄포국민학교는 72회 졸업생을 배출했다.

1987년 3월호 월간 잡지 〈우리시대〉 142쪽에 전남대 김민환 교수가 쓴 '3·1운동과 민족언론' 중 일부를 발췌하여 일제가 1910년 우리 국권을 탈취하고 조선총독부를 만들어 무단 정치武斷政治를 펼 때, 교원의 제복대검제制服帶劍制에 대해 소개하고자 한다.

3·1운동으로 인해 조성된 이런 새로운 상황은 일본으로 하여금 그 동안의 무단 통치武斷統治를 종식시키고 이른바 문화정치文化政治라는 새로운 통치 방식을 채택하게 만들었다. 총독부 당국은 1919년 8월 19일 관제 개혁의 조서를 통해 문화 정치를 구현하기 위한 신시정新施政을 발표하였다. 이후 원망의 표적이었던 헌병경찰제도가 보통경찰제로 개편되었고, 관리요원이나 교원敎員의 제복대검제가 폐지되어 이들이 허리에서 칼을 풀어놓게 되었으며, 걸핏 하면 잡아다 두들겨 패는 태형제笞刑制가 폐지되었고, 민의를 수렴하기 위한 신문사의 설립이 허용되기에 이르렀다.

이런 시정 전환으로 우리나라엔 1910년 일본의 국권 탈취와 동시에 일제히 폐간된 민족신문이 10여 성상 만에 새로운 모습으로 다시 등장하게 되었다. 총독부당국에 의해 창간이 허가된 신문은 '조선일보'와 '동아일보' 그리고 '시사신문時事新聞'의 셋이었다.

내
고
향
줄
포

일제 강점기 줄포의 유흥업소

　당시 줄포엔 금융조합이 있고 은행이 있어 돈 자루가 하루에
도 몇 개씩 들락거리니 기생집이며 요릿집인들 오죽 많았겠는
가. 노동자 농민 등 핫바지 부대를 상대하는 선술집을 젖혀 놓고
는 대부분의 유흥업소에 접대부 몇 명씩은 있기 마련이었다. 북
과 장구 소리에 노랫소리가 끊일 새 없었다. '생선 가게 파리 꼬이
듯' 한량들이 기생들 분 냄새를 맡고 몰려들고 흩어지니 홍등가紅
燈街는 마냥 흥청거렸다. 위도蝟島에 파시波市가 설 무렵이면 보따
리를 싸든 뱃사람들이 하루에도 수십 명씩 선창에 몰려 위도로
가는 배를 기다리던 풍경도 빼놓을 수 없는 추억의 하나이다. 그
많고 많던 술집을 열거할 필요는 없고 몇 군데만을 적어 보련다.

● 명월관明月館

그 무렵 흔치 않은 2층 건물의 기생집인데, 기와지붕을 한 목조 건물로 '삼양사' 입구 수문통 어귀에 있었으며, 이름하여 '명월관'. 초록 저고리에 붉은 치마를 입고, 머릿기름을 바른 윤나는 머리에 하얀 분을 칠한 아리따운 기생이 몇이 있었는지는 잘 기억되지 않으나, 아마 열 명은 되지 않았을까 싶다. 아래 층과 2층에서 기생들의 노랫소리와 교태 부리는 소리에 혀 꼬부라진 사내들의 노랫소리가 한데 엉겨 '무릉도원'인 양 싶었다. 문을 반쯤 열어젖힌 2층에서 기생들의 장구춤에 맞추어 휘감아 도는 한량패들의 원무圓舞는 아닌 게 아니라 감칠맛이 넘치고 올려다보는 핫바지들은 넋을 잃고 마는 것이었다. '금준미주 옥반가효金樽美酒 玉盤佳肴'에 살림을 털어 바치는 자가 적지 않았다.

'명월관'을 일류로 치면 '달성관, 장춘관, 제일관, 중앙관, 군산집' 등은 이류에 속한다 할 것이다. 일류든 이류든 이들 술집엔 기생 부스러기에 목돈을 쥔 일꾼들이 들끓어 춤과 노래 속에 해가 지고 날이 샜으니, 탕자들이 그야말로 '말 죽은 데 체 장수 몰리듯' 꼬이는 것이었다. 서빈동 '덕성 상회' 뒤편에 '달성관'이 있었고, 남빈동 김생규 집 자리에 '장춘관'이, '제일관'은 서빈동 '대성 이발관' 안집 부근에, '중앙관'은 '덕성 상회' 뒤 북쪽 편에, '줄포 병원' 자리에는 '군산집'이 있었다.

● 일본인 요정

본동 '대도장' 여인숙 자리에 일본인의 호화 요정이 있어 규모가
웅장했다 한다. 이 요정이 없어지고 나서 '줄포 여관'이 생겼다.

● 줄포 여관

이름은 '줄포 여관'이었으나 당시는 모두 요정을 겸했다. '중앙관'
도 이름은 '중앙여관'이었다. '줄포여관'은 일본인 '후지오까'가 운
영했는데, 일본 여자, 조선 여자의 여급(죠쭈우)이 십여 명 있었는
데, 주로 일본인 단골이 많았고, 군수나 서장 등 고급 관리를 접
대하고 하룻밤 묵게 할 때는 꼭 이 집을 이용했다.

● 중국인 진 씨의 중국요릿집

금동 '백화 식당' 자리로, 조선 여자 고용인을 칠팔 명 두고 우동
과 짜장면을 비롯한 각종 요리를 조선인 입맛에 맞게 해냈다. 일
평생 우동과 짜장면을 구경 못하고 죽는 사람이 태반이었던 시
절로 보통 '우동집'이라 불렸다. 주인 진 씨의 외아들 '호아'는 줄
포공립보통학교를 졸업했다. 중국인으로서는 처음이자 마지막
으로 조선인 학교를 다녔으며, 살아 있다면 지금 70을 바라보는
나이가 되었을 것이다.

줄포의 민속과 풍습

● 떡 전과 나무 전 거리

'중앙 약방'에서 금동 정호용의 기름집 부근까지의 골목과, 문이
식의 농약방 밑에서부터 '대동장 여인숙' 입구 아래까지의 길거
리에는 떡 장수, 국수 장수, 고구마 장수 여인네들이 늘어앉았었
다. 떡 종류는 쑥떡, 찰떡, 시루떡, 방망이떡(일명 '말좆떡' 이라고도
했는데, 생김새가 수말의 생식기 모양이라 붙여진 이름), 서숙(조)떡, 수수
떡, 모시 잎 개떡 등인데, 최하 1전어치까지 팔았다. 국수는 최하
2전어치부터 팔고 고구마도 떡값과 엇비슷했다. 여름철이면 수
박 장수도 한몫 끼었는데, 네 조각으로 쪼개서 한 조각에 1전을
불렀다. 모두들 먹을거리를 사서 길가에 쭈그리고 앉아 먹었다.
해질 무렵이 되면 이 거리는 나무 전 거리로 바뀐다. 변산 나무를
해다 파는데, 주로 보안면 유천리와 남포리 일대 사람들이 장사

꾼이었다. 장작이나 갈퀴나무 한 짐에 20에서 30전 정도 했다. 나무 장사꾼들은 나무를 판 돈으로 수수나 조 등 잡곡 서너 되를 사서 지게 꼬리에 달고 집으로 돌아갔다.

● 모래 찜과 해수 찜

후촌 부락의 '해수통'이라 불리는 지점은 바닷물이 들고나는 통로가 있어 붙여진 지명이다. 이곳에 움막을 짓고 바닥은 시멘트 콘크리트로 목욕탕을 만들어 바닷물을 채우고 빨갛게 불에 달군 돌덩이를 넣어 물을 끓인다. 속옷을 입은 채로 바닥에 약쑥을 깔고 목만 내놓고 눕는데, 그야말로 찜질이다. 한 탕이 끝나고 나면 주인은 미역국을 내놓는데 집에서 싸 가지고 간 밥을 말아 먹고, 돈 있는 도시 사람들은 미리 주인에게 준비시킨 밥을 먹는다. 이렇게 하루에도 몇 탕씩을 하여 주인은 짭짤한 재미를 보는 것이었다. 신경통에 좋다고 소문이 널리 퍼져 많은 사람이 몰려들었다.

해수 찜은 이렇게 제법 돈이 많이 들어 아무나 이용하지 못했고, 돈이 적게 드는 방법으로 모래 찜을 많이 했다. 단옷날이면 모래 구덩이를 팔 호미와 도시락을 싸 든 농촌 아낙네들이 꾸역꾸역 모여들었다. 해수통의 찜질 목욕탕을 지나 서쪽으로 한참 더 가면 넓은 백사장이 나오는데 여기에 구덩이를 파고 몸뚱이를 묻는 모래 찜 광경이 벌어진다. 모래 찜을 끝내고 나서는 줄포 구경도 하고 2전짜리 국수노 사 먹고 하니, 아닌 게 아니라 단옷날은 자유를 만끽하는 하루이기도 했다.

해방 후로는 양상이 바뀌었다. 남녀유별의 유교 사상이 무너지고, 갓 시집 온 새댁이며 처녀들까지도 모래밭에 모여들었고, 고도 경제 성장을 부르짖던 60년대 말부터는 놀이로 착각하는 일부 몰지각한 여인네들이 늘기 시작해 노래와 춤으로 난장판을 이룬 적도 있었다.

초등학교 운동회 날 운동장에 장사꾼이 몰리듯 모래밭에 물장수까지 모여들어 북새통을 이룬 적도 있었다. 70년대 중반쯤이던가? 녹음기에 카메라며 각종 악기를 둘러맨 수많은 청춘 남녀들이 떼 지어 몰려와 동네서 멍석 등을 빌려 텐트를 친 뒤, 먹고 마시며 청춘을 구가했는데, 노래와 악기 소리가 '해수통' 일대를 메아리치고 밤에도 불야성을 이룬 때도 있었다.

1981년이던가 82년인가는 택시와 자가용이 꼬리를 물고 들고나며 천여 명의 인파가 법석을 떤 때도 있었는데, 이젠 옛말이 돼가고 있다.

해방 후 '줄포면번영회'에서 단 한 번 그네뛰기 등 단오절 행사를 가졌을 뿐, 그 뒤로 죽 중단한 것은 애석한 일이다. 지금은 백사장 모래를 개펄이 삼켜 버려 갯벌 구덩이에 몸을 묻는 개펄 찜이 되고 말았다.

● 옛 시장과 장자골 시장

구한말에 보안면 남포리 사창社倉 마을에는 세稅로 곡식을 받아
저장하는 창고가 있었고 이때 장이 섰다 하여 부락 이름을 '사창'
이라고 부른다. 장바닥은 좁고 길어서, 애들의 울음이 그치지 않
을 때 "웬 울음이 사창 장만큼이나 기냐?"고 했다.

보안면 유천리 외포 부락 서북쪽 들판이 산에 잇닿은 곳에서도
장이 섰는데, 줄포항 바닷물이 그곳까지 들어와 목재 운반선과
전라남도 섬에서 실어 오는 젓갈 배가 입출항을 했다고 한다. 아
마도 동쪽 변산에서 생산되는 목재를 목포나 군산, 인천 등의 항
구로 운반한 것으로 추측된다.

진서면 구진에는 '만호萬戶(해안경비대장)'를 두고 해안 경비와 지방
행정을 관장했는데, 뒤에 지금의 진서초등학교 자리로 옮겼기 때
문에 이 학교 터를 '만호 터'라고 부른다. 구진 진서 일대를 금모
포黔毛浦라고 부를 때의 일이요, 그 무렵 변산 서쪽에서 나오는 목
재는 구진 앞바다에서 제물포(인천)로 수송한 뒤 서울로 운반되어
궁성을 짓는 데에 쓰였다고 한다.

줄포에 조선소가 있었을 거라는 설이 심심찮게 거론되지만 고증
할 길이 없고, 사창社倉이 있었다는 것은 확실하다. 용서동 농협
창고 뒤편에 있었다고 하며 그 부근 마을을 지금도 '창안'이라 부
르고, 30여 년 전 숯으로 화석이 된 쌀(탄화미, 炭化米)이 많이 출토
된 적이 있다. 천혜의 항구이자 사창이 있던 줄포는 아득한 옛날

부터 장이 섰을 거라 믿어 진다. 옛 시장은 일본인 '아오끼' 양조장 앞 일대로, 현재 김재표의 탁구장과 박화술의 점포 부근이 예전 푸줏간이었다. 동서로 기다랗게 지은 목조 함석 건물인데 벽은 없이 여러 칸으로 되어 있고, 기둥에 소나 돼지의 머리와 다리, 갈비짝이 줄줄이 걸려 있고, 좌판에는 고기가 수북이 쌓여 있었다.

용서동 회관과 임봉조의 떡 방앗간 일대는 예전 가축 시장인 '쇠전'으로, 장바닥엔 심지노름꾼과 쇠막노름꾼이 촌내기 쌈지를 털고서, 공짜배기 약을 준다며 선심을 쓰고 밀가루를 싼 봉지를 주고는 '경성(서울)서 부쳐 온 우송료를 내라'며 귀싸대기를 때리는 등 갖가지 행패를 부리는 야바위꾼들이 득실거렸다.

부안경찰서(후에 부안경찰서 줄포주재소) 옆으로 돌아 사거리, 사거리에서 차부 앞을 지나 면사무소를 거쳐 다시 양조장 앞까지가 모두 장터였기에 본정통本町通이라 일컬었다. 다시 사거리에서 언뚝거리로 이어지는 지점 또한 장터 구실을 했다. 부안군의 보안면, 변산면의 좌산(산내면), 주산면과 상서면의 일부, 고창군의 흥덕면과 부안면, 성내면 일부, 정읍군의 고부면, 영원면 등지의 농민이 모두 줄포 장을 봤으니, 정읍 장 버금가는 이름난 큰 장이었다.

3, 8 장날은 비 내리는 날이 잦아 날짜를 바꿔야 한다는 장사꾼들의 여론이 일어 초대 줄포면의회 의원 13명을 충동질했다. 의원

들이야 자기 돈 안 들고 손만 들면 되는 일이니 만장일치 가결로 변경한 것이 1, 6 장날이다. 줄포 발전을 위해서는 시장도 옮겨야 한다는 의욕을 갖고 1956년 7월 6일 신시장인 지금의 서빈동 매립지로 옮기게 되었다.

경제 구조며 사회상이 바뀌어 시장이 옛날 구실을 못 하는 세대로 바뀌긴 했지만, 그런 중에도 줄포 장은 정읍과 부안 장에 손님을 빼앗기고 외면당한 채 겨우 명맥을 이어 가고 있을 뿐이다. 이런 추세라면 고부 장이 폐쇄됐듯 어느 때인가 그런 운명을 당하지 않는다고 장담할 수도 없는 일이다. 다만 특이한 일은 1, 6 장날도 비 오는 날이 잦기는 예나 변함이 없다는 것을 덧붙인다. 장날을 바꾼다고 비가 내리지 않을까. 어리석은 촌사람들의 철딱서니 없는 짓거리와 다를 게 무엇이겠는가.

"장자골 장날에 줄게 돈 꿔 달라, 외상 술 달라."는 말은 거의 잊힌 말이지만, 내가 어려서부터 들은 말인즉, 장자골 장이 여러 차례 있었고, 해방 전후에 두어 번 구경한 일이 있다.

● 장생長栍과 비석

자전과 사전에는 장생을 이렇게 풀이했다.

"생 자는 찌 생 또는 장승 생이고, 장생은 이수里數를 표하기 위하여 옛날 나무에 사람의 얼굴 모양을 새겨 세웠던 푯말이다."

요즘 말로 이정표란 뜻인데, 어느 곳을 기점으로 하여 거리를 계

산한 것인지 설명이 석연치 않다. 장승을 명확하게 설명하는 일
은 학자들이 규명할 일인즉 덮어 두기로 하고, 장승은 당산堂山과
더불어 마을의 수호신이요, 소원을 이뤄 주는 신앙의 상징물이란
것은 확실하다.

60여 년 전 줄포리 장성동 당산나무 거리 일대인 장승백이에 장
승이 있었는데, 지금의 한전 부근으로 기억된다. 이보다 훨씬 전
에는 용서동 신병우 집 앞 논 어귀와 후촌 회관 최명종 집 부근에
도 있었다고 한다. 특히 괴질로 죽은 사람의 시체는 반드시 장승
밖으로 가지고 나가 묻었다고 한다.

장승백이 당산나무 아래에는 옛날에 배를 매었던 흔적이 있었
고, 비석 일곱 기가 옆으로 나란히 세워져 있었다. 그러니까 '장승
백이 비석 거리'라 할 수 있다. 그 비석 중 하나는 임진왜란 때의
공신인 나주공(해옹공海翁公이라고도 한다.)의 비석으로, 일제 강점
말기 철거당하게 되자 그 후손인 김양술 등이 장자골 뒤 천대산
선산에 묻었다가, 광복 후 파내어 다시 세웠다. 일제에 거슬리는
부분의 비문을 시멘트로 덧칠해 읽을 수 없는 대목이 있는데, 일
제 35년의 수난사를 증명하고 있다.

남은 여섯 기의 비석은 한국 전쟁을 겪으면서 무지몽매한 자들
의 손에 의해 없어졌는데, 그중 두 기는 전직 면장인 신정근과 김
병기의 노력으로 줄포면사무소 뒤뜰에 안치되었으나, 네 기의 행
방은 찾을 길 없으니, 영영 사라져 버린 것으로 본다.

십여 년 전 전직 면장 신정근과 금모포(진서리 일대의 옛 지명) 만호
萬戶 등 사적을 살펴본 일이 있었다. 새마을 사업 때문에 냇가에
서 있던 비석(만호에 얽힌 사연이 적혀 있었을 듯)이 없어졌다 했다. 획
일적인 찍어 누르기식으로 밀어붙인 새마을 사업은 경제 성장이
빚어낸 비극이라 할 것이다.

면사무소 뒤뜰에 있는 두 개의 비석은 다음과 같다.

● 이완용李完用, 유진철兪鎭哲의 휼민선정비恤民善政碑
폭 41.5cm, 길이 109cm, 두께 10cm이고 3단의 기단은 김병기 면
장이 만들었다. 원래 갓비석이었는데, 갓은 없어졌다. 비문의 내
용은 이런 것이다.

1898년 가을 어느 날 밤에 갑작스레 줄래(줄포의 옛 이름)에 큰 해일이
일어나 수많은 주민들이 가재도구를 잃고 천대산으로 피난했다 한다.
줄포항의 배는 지금의 십리동 부락과 원골(장동리 원동 부락)의 똥섬으
로 떠밀려 갔는데, 비단을 실은 중국인 배도 끼여 있었다고 한다. 이때
전라도 관찰사인 이완용이 줄포에 와서 그 참상을 살피고 유진철 군수
로 하여금 난민 구호와 언뚝 거리 제방을 다시 쌓게 했다고 한다.

이완용 하면 매국노로 일언지하에 매도한다. 경술년인 1910년

국권을 일본에 넘길 때 내각 총리대신으로 도장을 찍은 죄 때문이다. 물론 다른 대신이라도 일제의 강압을 외면하기가 쉽지 않았으리라. 더구나 일진회—進會에서는 국권을 넘겨 줘야 한다는 국민 운동을 대대적으로 전개하고 있는 상황이었다. 그런 정국에서 불가피한 측면도 있었을 것이다. 사실 중환자와 같은 구한국(대한 제국)은 쓰러질 수밖에 없는 상황이기도 했다. 그래도 아쉬운 것은 그가 지도자로서 최소한 자결自決이라도 할 수 있었는데, 그렇지 않고 일제의 관작과 은사금을 받은 것으로 이는 비난받아 마땅한 일이다.

그래서 매국노의 비석을 보존한다는 비난의 소리도 있다. 그러나 공과功過는 가릴 줄 알아야 하고, 이 한 개의 돌에 불과한 비석으로 역사의 흔적을 찾아본다는 데에 그 의미가 있다 하겠다.

당시 해일 사태는 언뚝을 더욱 견고하게 만드는 계기가 되었고 일제 강점기 때 서빈동 매립 공사로 지금엔 도로가 나 있다.

● 현감홍후언모선정비縣監洪候彦模善政碑

기록된 자료를 찾지 못하여 면사무소 뒤뜰을 찾았으나, 서 있던 비석은 누워 있고 네 개의 빗돌이 겹친 채로 있어 비문을 확인할 수가 없었다. 겹쳐 누워 있는 네 기의 빗돌은 새마을 사업을 할 때 장동리 각동 네거리 탱자나무 울타리 부근에 버려진 것들을 면에서 거둬 온 것들이다.

내 고장 인물들

● 인촌 김성수仁村 金性洙 줄포에서 오래 생활한 호남 명문 출
신으로 교육자이자 정치 지도자. 자유당 정권 때 부통령 역임.
1952년 이승만 대통령이 헌병과 군경을 동원해 대통령 선거 제
도를 간선제에서 직선제로 바꾼 폭거에 항거한 그의 유명한 부
통령 하야 성명은 후세에 길이 남을 것이다. 그가 살았던 교하동
집에 세워진 표석과 안내판은 다음과 같다.
– 표석 : 중요민속자료 제 150호 부안 김상만金相万 가옥
– 안내판 : 부안 김상만 가옥, 중요민속자료 제 150호, 소재지 전
라북도 부안군 줄포면 줄포리, 이 가옥은 김상만 씨의 부친인 인
촌 김성수(1891~1955) 선생의 일가가 구한말 고창군 부안면 봉암
리 인촌 부락에서 현재의 줄포면 줄포리로 이사하면서 세운 건
물이다. 건물의 각 부재는 다른 건물에서 쓰던 것을 가지고 신축

하였는데, 집은 본래 안채, 사랑채, 중문채, 곳간채, 문간채(행랑채)로 되어 있었다. 훼손되었던 곳간채와 담장은 뒤에 복원하였고 문간채는 1984년에 복원한 것이다.

● 김상협金相浹 일제 강점기 때 굴지의 조선인 부호 김연수金秊洙의 아들이자 인촌 선생의 조카. 줄포에서 태어나 네 살 때 서울로 이사. 고려대학교 총장과 국무총리, 대한적십자사 총재 역임《모택동사상》,《지성과 야성》등 명저와 명 강의로 유명함.

● 도정 김삼여都正 金三汝 교하동 김재환의 집에 김삼여가 살던 집. 1931년 일금 만 원의 거금을 흔쾌히 내놓아 굶주린 백성을 기아에서 구했다. 남정네 하루 품삯이 30전 했으니, 무려 삼만 삼천여 명의 노임에 해당하는 큰돈을 내놓은 것이다. 〈줄포장로교회〉 한 구석에 외로이 서 있던 구휼비救恤碑를 몇 년 전 줄포면사무소 앞뜰로 옮겨 왔다. 그의 아들 김병환은 부잣집 아들답지 않게 성격이 소탈하여 귀천을 가리지 않아 많은 친구가 따랐다. 날아가는 꿩을 백발백중 적중시켰고, 변산에서 노루며 멧돼지도 잘 잡아 엽총의 명사수로도 유명했다. 해방 후 교하동 김장용 집 자리에 '걸인의 집'을 지어 주기도 했다.

● 김기준金基俊

난산리 원난산 부락에서 줄포공립보통학교 제21회 졸업. 서울에서 고등보통학교 재학 시절 일본 명치 신궁 참배 기념 전국체육대회에서 마라톤 1등의 영예를 차지. 현재 미국 거주.

● 박용기朴龍基 사업가, 전주 거주, 국회의원 역임. 부안군 주산면 덕림리 출생. 한약방을 경영하던 부친 박병갑을 따라 본동으로 이사 와 줄포공립보통학교 제20회 졸업.

● 미당 서정주未堂 徐廷柱 고창군 부안면 질마재에서 출생. 줄포로 이사 와 금동 이재필 옆집 부근에서 거주하였고, 서빈동 은희성, 서울 거주 이성범과 동문이다. 미당은 5학년 때 월반하여 줄포공립보통학교를 제13회로 졸업하였고, 은희성과 이성범은 제14회 졸업생이며, 은희성과 금년 73세의 동갑내기로, 우리나라 원로 시인으로 유명하다.

● 신세원辛世源 용서동에서 거주. 현재 신정근이 살고 있음. 전라북도 평의회원(지금의 도의원)을 역임하여 '도평의원댁'으로 불렸으며, 만석꾼 부자로 널리 알려졌다.

● 신홍근辛洪根 용서동 지금의 하문옥 집 자리에서 태어나 어려운 가정 환경에서 독학으로 '보통문관시험' 관문을 통과해 관리가 되어, 광복 후 군수를 역임한 입지전적인 인물.

● 신규식申奎植 부안군 주산면 출생. 줄포공립보통학교 졸업. 국회의원 역임.

● 조남철趙南哲 바둑계에 명성을 떨침. 중대본부 건물 뒤편에 있었던 집에서 태어남. 조부 조동순은 줄포면장 역임.

● 최재섭崔在燮 본동에서 출생하여 줄포공립보통학교 제21회 졸업. 부안군 교육감(지금의 교육장) 역임. 현재 서울 거주.

● 홍종오洪鍾五 서빈동 현재 김덕근의 집 자리에서 태어나 줄포공립보통학교를 졸업. 보스턴 세계 마라톤 대회에서 5위의 영광을 차지함.

내가 과문寡聞한 탓으로 줄포가 배출한 인물을 모두 소개하지 못함을 유감스럽게 여길 뿐이다.

맺는말

문인도 학자도 아닌 평범한 시골 늙은이가 이런 글을 쓴다는 것이 외람된 일로서 부끄러울 뿐입니다.

시대적 배경에 따른 다양한 지식을 토대로 하여 내 고장을 소개해야 할 것입니다. 내겐 그런 지식이 없음을 자인하면서 감히 펜을 들었으니, 가히 '하룻강아지 범 무서운 줄 모르는' 일이 아닐 수 없습니다.

다만 내가 보고 겪은 바를 겨울밤 사랑방에서 화로를 둘러싸고 옛이야기를 나누던 그 시절로 돌아가서 '노루잠 자다 개꿈 꾸는 식'으로 '장님 코끼리 더듬듯' 중언부언해 본 것입니다. 필요 이상의 군소리를 늘어놓은 것은 시대상을 좀 더 조명하고픈 의도였습니다. 사실 지난 일을 회상한다는 것이 그리 쉬운 일은 아니어서 증언을 얻는 데 애로가 많았습니다.

도움 말씀 주신 여러분께 깊은 감사를 드리며 선후배 여러분의 기탄없는 꾸지람을 달게 받겠습니다.

1987년 6월 10일(당년 66세)

❶ 즐포만 생태공원 – 2005년 드라마 '프라하의 연인' 촬영 장소
❷ 1939년 즐포소학교 정문 앞 모습

③ 폐항이 된 줄포만
④ 줄포 재래 장터
⑤ 김성수 집안의 삼양사 줄포농장(동생 김연수 설립). 사진은 줄포농장의 사무소와 정미소다.

3부

줄포 아리랑

농사꾼 대서쟁이 김장순 씨가 농촌 생활 속에서 겪은 여러 가지 사건들과 자신의 생각과 느낌 등을 진솔하면서도 옛 격식을 갖춰 쓴 글들로 〈삶의 문학〉에 발표한 것들 중 일부를 뽑아 다시 수록해 그의 문학적 소양과 세상에 대한 성찰을 살펴보고자 했다.

진정서에 얽힌 사연

과거 한동안 이 고장 국회의원 입후보자들의 숱한 선거 공약 중에는 줄포 상수도 설치 문제가 심심찮게 거론되었었다. 어느 입후보자는 머리에 수건을 질끈 동여맨, 각 읍면에서 뽑아 온 다수의 열혈청년들을 군청 소재지인 부안읍에 집결시켜 "서해안 철도 건설 만세!"를 목청껏 외쳐대며 시가행진을 하여 금방 철마가 달리는 환각에 빠지게 하고는 뜻있는 사람으로 하여금 이마를 찌푸리게 한 일도 있었다. 선거 때마다 입초시에 올랐던 상수도가 십만 선량의 힘이 작용했는지의 여부는 차치하고 좌우간 1978년에 이르러 비로소 실현을 보게 되었으니, 줄포 면민의 오랜 숙원을 풀게 된 것만은 반가운 일이 아닐 수 없었다. 그런데 이 상수도 공사가 나를 비롯한 10여 명 농민의 출혈을 강요할 줄이야 미처 생각지 못했던 일이었다. 양수관 매설 지역이 하필이면 나의 논밭을 관통하는 바람에 296평의 논과 100여 평의 밭이 편입되어 논은 여러 배미로 쪼개져 '귀배미'가 생기고 밭은 동강이 나고 말았다.

때를 같이하여 건설부 소관으로 부안—홍덕 간 국토 확장 및 포장 공사가 실시되었는데 편입 토지 대가土地代價에 있어, 건설부에서는 실가격 또는 그 이상으로 보상하는데 반하여 부안군에서는 밭은 500원 이상 논은 1,000원 이상의 평당 가격으로 시가時價에 밑도는 보상을 하는 것이었다. 그런데 문제는 이 두 가지 공사에 따른 토지 대가土地代價 감정을 모두 전주 감정원에서 하였다는 데에 있다. 건설부는 예산이 남아돌아 가니까 실가격으로 보상해야 하고, 부안군은 예산이 궁색하니 부안군을 두둔해야겠다는 감정원장의 특별한 배려였을까? 같은 물건을 벌려 놓고 김 씨 집에서는 삼천 원이요, 이 씨 집에서는 사천삼백 원이요 한다면 말 못 하는 벙어리라도 이해되겠는가 말이다. 벙어리가 말은 못 해도 날수 가는 줄은 아는 법이니 말이다. 눈 가리고 아웅하는 당국의 처사가 얄밉기도 하고, 깔고 뭉개는 데는 불만과 울분을 참을 수 없었다.

그동안 수차례 시정을 촉구해 봤자 마이동풍이요, 감정원에만 미루는 것이 시종여일한 담당자의 태도이어서 부득이 진정서를 내야겠다고 마음을 굳힌 나는 해당 농민의 호응을 얻는 데 10여 일을 소비해야 했다.

줄
포
아
리
랑

"월급쟁이 체면에……, 도장을 찍으면 주목받으니까……, 정부서 하는 일에 반대하면 주목받으니까……." 갖가지 구실을 붙여 날인을 거부하는 바람에 겨우 아홉 명의 동조자를 얻어 1979년 1월 29일 부안군수와 전라북도지사에게 진정서를 제출하였는데(별지 1 참조) 2월 2일 전북지사의 회신은 '국가가 인정하는 감정원의 감정에 의해서 적정 감정을 한 것이고 타 지역과 일치할 수 없다. 부안군수에게 재검토시켰다'는 것이었다. 과연 타 지역은 무엇을 가리키는 것이며 회피로는 감정원이란 말인가? 진정 내용과는 빗나간 것이었다(별지 1-1 참조).

197

같은 해 2월 5일 부안군수는 '감정 가격에 의한 것이고 쌍방계약에 의하여 70%의 대금이 지불되었으니 재감 불능이다'라고 발뺌했다(별지 1-2 참조). 감정의 불균형에 대하여는 일언반구조차 없었다. 관官에서 가끔 추징금이란 것을 받는다. 그러나 추불追拂은 할 수 없다는 말인 듯했다. 약 2주일에 걸쳐 아홉 명의 날인을 얻어 1979년 3월 23일 내무부장관에게 진정서를 띄웠다. 부안군수 및 전북지사에게 제출했던 진정서 사본 외에 그 회신의 사본 및 지역 약도를 첨부했었다(별지 2 참조).

그해 3월 29일 내무부장관은 '전북지사에게 이첩했다'는 회신을 했고(별지 2-1 참조), 4월 9일 전북지사의 중간 통보(별지 2-2 참조)가 있었으며, 그 후 날짜 미상에 전북도 직원 두 사람이 면을 찾아와 도로 부지와 상수도 용지의 현장을 조사하기에 이제야 진정인의 참뜻이 정당함을 인정하여 원만한 해결이 이루어지는 구나 하고 기대했다.

시간은 흘러, 그해 7월 9일 자 전북지사의 회신은 천편일률적이고 동문서답식으로 끝나고 말았다. 보상의 불균형에 대해서는 한 마디 해명도 없었다. 회신 내용은 참고할 것도 없어 여기에 밝힐 필요를 느끼지 않는다. 국회에 청원할 수도 있고 행정 소송의 길도 있기는 하다. 그러나 모난 돌이 정을 맞고, 누구네 말마따나 주목을 받을 염려도 있을 터이니 못난 놈 못나게 살 수밖에 없겠구나.

이 사건에 얽힌 두 가지 난센스를 소개하고 펜을 멈추기로 한다. 나의 밭둑은 근방 밭을 나다니는 큰길이었는데 두 동강이 나고 깊은 구렁이 생기는 바람에 리어카나 경운기의 통행이 막혀버려 지게에 의존할 수밖에 없게 됐다. 당시 박 면장에게 선후책을 누차 호소했으나 면전 약속일 뿐 식언食言으로 일관하는 것이었다. 경작자들의 불편은 이만저만이 아니었고 불만은 고조되어 갔다. 나는 이 씨와 이런 말을 나눴다. 한두 사람의 힘으로 안 되니 삼일 후 이 씨네 집에 경작자를 집합시켜 함께 면장에게 등장等狀 가기로 작정하고 이 씨가 소집 책임을 맡기로 했다.

3일 후, 조반을 마친 남녀 약 25명이 모여 나도 질세라 모두 한 마디씩 늘어 놓고 밭길에 대해 왈가왈부 시끌벅적했다. "내가 늘

앞장만 서는 것이 좀 어색하니 이 씨가 인솔하고 등장을 가서 의견을 제시할 때쯤 해서 내가 나타나겠노라"고 귀띔하고 집으로 돌아왔다. 30분 후에 이 씨 집을 지나치는데 면사무소에 가 있을 이 씨가 마당에서 서성거리고 있었다. "내나(실컷) 제가 모이라 해 놓고는 쑥 빠질 것이 뭐냐"며 모두 해산해 버렸단다. 나와 이 씨는 허황된 웃음으로 배신감과 허망감을 달랬다.

부면장이 찾아와서 형님을 다정하게 불러 댄다. 나의 논 귀퉁이에 지하수 시추를 해 보자는 게 그의 제언이다. "그래 물이 안 나오면 그만이요 펑펑 쏟아지면 양수시설을 하자는 건가?"라고 반문한 즉 그렇다고 어색하게 대답하는 것이다. "땅을 달라면 달라고 허지 무슨 시험을 해 보자? 과붓집에 가서 못된 짓을 안 할 테니 하룻밤 아랫목에 재워 달라 허소." 하고 핀잔을 주었다. 그랬더니 지역 사회 개발을 위해서 승낙을 해 달란다. "반대하는 두 가지 이유를 들어 보소. 첫째는 논의 지하수가 이 앞뜰에서 가장 수량이 풍부하다는 것은 정평이 나 있는 터이나 대형 파이프를 묻어 양수하면 나의 논뿐 아니라 이웃 논이 모두 건답乾畓을 면할 수 없을 것은 보나마나 아닌가. 어떤가?" 그는 여기에 대해서는 확답을 못했다. "또 한 가지는 군郡 예산만 낭비하고 우리네 농토만 버려 버렸고, 어느 한쪽은 터무니없는 헐값으로 보상하는 군 당국의 이해 못 할 처사는 농민을 우롱하여도 이렇게 철저히 무시할 수 있는 것인가?"

몇 차례 권유하다 지쳤음인지 다음은 면장이 세 차례인가 찾았다. 군수가 와서 사정해도 거절하겠느냐고 졸라 댔지만 '나 같은 촌부가 군수 면회는 할 수 없는 터에 스스로 찾어 준다면 할 말 다 하겠다'고 했더니 이로써 이 일은 끝났다. 보안면 남포리에서 물을 끌어오기로 한 계획이 무모한 계획 착오였다. 수원지 선정 잘못을 알고 앞들에 네 군데의 지하수를 팠다.

수렁논이 없어지고 밤새 비가 내려도 하루만 지나면 물이 쑥 빠지는 얼멍이 논이 많이 생겼다. 경작자들이 원정原情을 했다. 보조금을 일부 대 주며 피해 농지에 소형 지하수 개발을 해 주어 도움을 주고 있지만 그들은 많은 불이익을 받고 있다.

〈별지 제1〉

진 정 서

　존경하옵는 부안군수님과 전라북도지사님의 공체도금안公體
度錦安하심을 앙하차축仰賀且祝하나이다.

　진정인 등은 부안군 줄포 상수도 양수관 부설 편입 토지 대가
土地代價에 대하여 아래와 같은 이유로 이를 시정하여 주시옵기
바라옵고 삼가 진정하나이다.

ZO1

아 래

1. 토지 대가가 너무 저렴합니다.

　평당 임야 800원 밭 1,500원, 논 2,800원, 내지 3,000원은 현
실 가격과는 너무나 차이가 있고, 가령 이 토지 대가로 대토代土
를 하려면 밭은 500원 이상 논은 1,000원 정도를 더 주어야 매
수할 수 있으며, 전답을 관통했기 때문에 속칭 '귀배미'가 몇 개씩
생겨서 영농에 필요 이상의 노력과 경비가 소요되고 불편이 지
대至大함을 감안할 때 이에 대한 응분의 보상은 못할망정 토지 대
가만은 적정 가격을 주심이 마땅하다고 사료되는 바입니다.

2. 형평의 원칙에 맞지 않습니다.

부안－흥덕 간 도로 확장으로 인한 편입 토지 대가는 밭은 2,000원에서 2,500원 논은 4,000원에서 4,300원을 보상하고 있습니다.

도로 편입 토지는 어느 한쪽 부분만이 편입되는 고로 면적의 감소는 될지라도 상수도 편입 토지와 같은 '귀배미'는 생기지 않습니다. 이런 점을 고려하신다면 도리어 상수도 편입 토지 대가를 더 높여 주는 것이 타당할 것이라 사료됩니다.

3. 감정원의 감정에는 중대한 오류가 있는 것으로 사료됩니다.

상수도 편입 토지나 도로 편입 토지는 거의가 맞먹는 시세인 데도 동일 지대에서 이처럼 균형을 잃은 감정이 있을 수 있는지 저희들은 납득이 가지 않습니다.

존경하옵는 부안군수님과 전라북도지사님, 이러한 제반 실정을 참작하시와 재감정 실시로 최소한 도로 편입 토지 대가의 선으로 보상하여 주시기 바라나이다. 상수도 편입 토지 소유자는 거개가 영세 농민입니다. 당장 돈이 필요하여 대부분 이 토지대가의 70%는 받았습니다마는 잔액 30% 지급 시까지는 적정 가격으로 보상을 하여 주시옵기 간절히 바라옵고 삼가 진정하나이다.

서기 1979년 1월 29일

진정인 김준호 외 진정인 일동

부안군수님

전라북도지사님

진정인 명단 : 부안군 줄포면 줄포리 정영자(인), 김동윤(인), 황치영(인), 김종수(인), 정운철(인), 장호술(인), 김문구(인), 김영수(인), 고채주(인)

203

전라북도

지역 415-282   1979. 2. 2

수신 부안군 줄포면 줄포리 264 김준호 외 9인

1. 귀하 등 외 9인으로부터 줄포 상수도 양수관 부설 편입 토지 대금 현 시가 보상 요망 진정 건에 대하여 아래와 같이 회신하니 양지하시고 본 사업 추진에 적극 협조바랍니다.

줄
포
아
리
랑

아 래

가. 토지의 감정은 국가가 인정하는 공신력 있는 감정원의 감정에 의해 적정한 감정 가격을 책정하여 보상케 되며,

나. 감정 가격은 감정 당시의 당해 지역 인근 토지 중 시가를 참작 감정 규정에 의해서 가격이 결정되므로 타 지역과 일치할 수 없으며,

다. 귀하 등의 진정사항에 대하여 부안군수에게 재검토하도록 지시하였으니 양지하시기 바랍니다. 끝.

전라북도 지사

〈별지 1-2 사본〉

부안군

재무 1272-191   1979. 2. 5

수신 부안군 줄포면 줄포리 김준호

제목 진정서에 대한 회신

귀하 등이 제출한 진정서에 대하여 다음과 같이 회신하니 양

지하시기 바랍니다.

1. 귀하 등이 진정한 줄포 상수도 편입부지(토지) 대금은 감정

가격에 의하여 토지대금이 결정되었으며,   205

2. 쌍방계약에 의하여 토지대금 중 70%가 지불되었으므로 재

감정 조정이 불가능합니다. 끝.

부안군

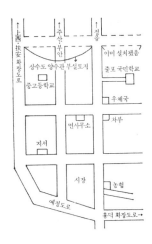

진정서

국정 다사다망하신 중 공체도금안하심을 앙하차축하나이다.
본 진정인 등은 전북 부안군 줄포 상수도 양수관 부설 편입 토지
대가에 대하여 최소한 부안—흥덕 간 도로 확장으로 인한 편입
토지대가의 선에서 지급해 줄 것을 전라북도지사님과 부안군수
님께 진정하였사오나 재감정 조정이 불가능이란 회신이옵기 진
정인 등은 아래와 같은 실정을 아뢰오니 이를 살피시옵고 재감
정 조치토록 선처하여 주시옵기 바라나이다.

아 래

1. 공신력 있는 감정원의 감정에 의한 것이며 감정 가격이 일
치할 수 없다는 회신 내용에 대하여 말씀드립니다. 시내 상가지
역의 토지 건물은 지대 위치 등에 따라 현저한 가격 차가 있습니
다마는 상수도 지역 및 도로 편입 지역의 전답은 아직껏 가격 차
가 없으며 상서上西 부안선扶安線 지역은 한 필의 밭이 상수도와
도로의 두 가지에 편입된 곳도 있는데 사업별로 차이가 있고 밭
두럭 사이에서 평당 800여 원의 차이가 있는 것은 도시 지역도
아닌 촌락에서는 있을 수 없는 일입니다. 동일 감정 기관에서 상

수도 편입 토지에 한해서는 무조건 일률적으로 평당 밭은 800여 원, 논은 1,000여 원씩 낮게 감정한 근거가 어디에 있으며, 이러한 감정원을 불신하지 않을 수 없습니다.

2. 쌍방 계약에 의하여 토지 대가 중 70%가 지불되었으므로 재감정 조정이 불가능하다는 데 대하여 말씀드립니다. 영세 농민들이 당장 돈이 필요하여 70%를 수령했다 할지라도 아직 쌍방 계약 완료하지 않은 자도 많이 있는 만큼, 재감정하여 사업 추진에 적극 협조한 군민에게 온정을 베풀어 주셨으면 합니다. 도로 편입 토지 대가는 건설과에서, 상수도 편입 토지대가는 재무과에서 취급하므로 양자 간에 형평이 맞지 않음을 군郡 당국에서도 충분히 알고 있는 사실입니다.

내내 건강하심을 비옵고 삼가 진정하나이다.

서기 1979년 3월 23일

전북 부안군 줄포면 줄포리 264번지 진정인 김준호(인) 외

진정인 정영자(인), 김동윤(인), 황치영(인), 김종수(인), 정운철(인), 장호술(인), 김문구(인), 김영수(인), 고채주(인)

내무부장관 좌하

<별지 2-1>

내무부

공기 1210-4887(70-2485)   1979. 3. 29

수신 전북 부안군 줄포면 줄포리 264 김준호

제목 상수도 용지 보상가격 조정 요구 진정에 대한 회신

　　귀하께서 제출하신 진정서를 충분히 검토하였습니다. 다만,
내무부에서는 현지 사정을 충분히 파악할 수 없어서 전라북도지
사로 하여금 현지 조사 후 그 결과를 충분히 검토 조치하고 그
결과를 귀하에게 회신토록 지시하였으니 양지하시기 바랍니다.
끝.

　　내무부장관

줄
포
아
리
랑

〈별지 2-2〉

전라북도

지역 415-937

수신 부안군 줄포면 줄포리 264 김준호 외 9인

제목 진정서 중간통보

귀하 등이 내무부장관에게 제출한 진정서가 본도에 이첩되어
그 내용 검토한 바 줄포 상수도 도수관 부설용지 보상비 재조정
요망사항으로 현지확인 및 감정원 등에 질의 등으로 지연통보(처
리)되겠기 중간통보하오니 양지하시기 바랍니다. 끝.

전라북도지사

1984년, 〈삶의 문학〉 6호, 동녘

209

미영골 양반

순이 아버지는 예자(여섯 자) 키다리에 조금은 기름한 얼굴에
다 한쪽 수퉁다리(각기병으로 부어오른 다리)를 절면서도 머리 위 댕
그란 상투를 끄덕대며 된서리 내린 추운 아침에 오장치를 메고
개똥 줍기에 여념이 없다. 돈복은 못 탔을망정 몸은 아주 튼튼해
서 젊은 놈 뺨쳐 먹게 힘도 세고 추위가 뭔지 더위 먹는 게 뭔지
를 모르고 산다. 이제껏 감기약 한 첩 안 먹은 그다. 50줄이 넘었
어도 보리밭 소매 등짐(인분뇨 운반)은 젊은 놈 앞장선다. 지게질을
해도, 보리 베고 벼 베고 김을 매도, 순이 아버지 입에선 힘들다
는 말이 나오질 않는다.

　젊은 패들이 "미영골 양반(미영골 부락으로 장가든 분의 호칭) 허리
좀 펴고 헙시다." 하면 "젊은 놈의 새끼덜이 허리 아프단 말이 어
딨어." 나무란다. 매일 아침 주은 개똥을 소매황에 넣어서 식구들

이 변소에 갈 때마다 막대로 저어 댄다. 늦가을부터 주은 개똥과 인분뇨를 삭혀서 이듬해 봄 보리밭 웃거름으로 준다. 부족한 인분뇨를 보충하는 방법으로 개똥을 줍는다.

요즘은 농촌에서조차 인분뇨를 귀찮게 여기는 세상이 돼 버렸으니 호랑이 담배 피우던 옛이야기로 알겠지만 불과 20년 전만 해도 농가에서는 아주 소중한 것이었다. 미영골 양반 시절엔 저녁이면 짚단을 들고 부잣집 사랑방에 모인다. 동네에 사랑방이 많았어도 이왕이면 부잣집으로 몰리는 데는 속셈이 있어서이다. 같은 돈 열 냥이면 과부 집 머슴 산다. 커다란 물 양푼 바닥에 눌은밥이 조금 보인다. '어떤 놈이 먼저 먹을랑가' 눈치를 살핀다. 밤이 이슥해지면 가닥 김치 한 투가리에 고구마 한 바구리가 나온다. 허천난 놈 목쟁이 알 주워 먹듯 먹어치우면 목이 마렵다. 물 양푼이 들랑날랑 한다. 오줌을 안 싸고 배길 것인가. 하룻밤에 소매 질통 두 개쯤 모아지면 새벽에 머슴이 소매황에 비우고 질통을 사랑방 옆자리에 갖다 놓는다. 오줌뿐만 아니다. 똥도 많이 받는다. 주인은 될 수 있는 대로 오래도록 놀기를 바란다. 그 집 제삿날 밤이면 술상이 나온다. 짚새기 삼고 새끼 꼬고 지치면 벽돌림 이야기판으로 바뀐다. 유식한 이야기가 있을 순 없다. 호랑이, 소금 장수, 여우가 대개 등장하고 이야기 끝 부분은 '잘 먹고 잘 살았단다'로 장식한다. 농번기엔 밥숟갈 놓기가 바쁘게 곯아떨어지지만 겨울철 긴긴 밤에 첫닭 울리는 것은 항용 있는 일이라 시계가 없어도 첫닭 울 때는 사랑방꾼 갈릴 때다. 또 늦은 저녁 먹을 때라 하면, 유식한 사람이 계절에 맞춰 봄철이면 어느 때쯤일 게고 동지섣달이면 어떻고 대충 어림짐작으로 자시다 축시다 일러 준다.

이 촌부도 어머니 뱃속에서 나온 시각은 정확히 모르고 있다. 진서(한문) 아는 이야 불과 몇 뿐이고 언문(한글)도 모르는 사람이 더 많았으니 이야기책 읽을 줄 아는 사람은 유식한 편이다.

미영골 양반은 슬픈 대목에 눈물 짜게 하고 즐거운 대목은 춤을 추게 하는 재주가 있다. 이 도령과 성 춘향의 사랑 놀음에 무릎을 치고 목침을 두들기고 벼랑박(벽)을 치게 한다. 삼국지를 읽으면 관운장의 부릅뜬 눈, 조자룡의 칼 솜씨며, 조조의 간사한 모습이 듣는 사람의 눈앞에 다가서게 만든다. 심청전을 읽어 대면 자기가 심 봉사로 느껴지고, 촐랑거리고 깝신대는 아무개네 여편네가 뺑덕 어미로 둔갑된다. 미영골 양반의 책 읽기는 노래요, 시요, 예술이다. '삼국지 일곱 번 읽은 놈허고 송사 말라'지만 배우지 않은 그가 지혜롭고 재치 있고 농담 잘하는 재간이 있는 것은 모두 이야기 책 읽기에서 우러난 것 같다.

그 시절 농민들은 이야기책 읽기에 단단히 중독되었다. 노상 듣는 이야기책이지만 질리지도 않는다(좋은 노래도 여러 번 들으면 듣기 싫다는 데 말이다).

"장순아, 너 이야기책 좀 읽어 봐라. 가만있자 오늘 저녁은 상

212

줄
포
아
리
랑

괘전 좀 읽어라."

나는 추구推句 책(오언으로 된 좋은 대구들만 발췌하여 엮은 조선 시대 아동 교육용 책)을 덮어 놓고 이야기책을 손에 잡는다. 물레 잣던 외할머니도 손을 놓고 화정댁, 남당이댁, 어머니 모두 모시 쨰던 손을 멈춘다.

"저것 봐 아홉 살 쟁이 책 읽는 솜씨 좀 보랑개. 니가 큰놈보다 났다야."

송희네 집 30 넘은 더벅머리 총각 머슴 말이다. 큰놈도 꽤 잘 읽는다는 평이 나 있는데 내가 더 낫다니. 미영골 양반 흉내를 내어 내 딴에 신나게 읽어 대면 외할머니를 비롯해 무아지경으로 들어가는 성싶었다. 소문이 나서 겨울밤이면 여러 집에 불려 다녔다. 깜밥(누룽지)이며 내가 좋아하는 마른 명태도 많이 얻어먹었다. 글공부에 방해가 되어 사양해도 떡을 싸 가지고 와 손을 끄는 데는 어쩔 수 없었다. 미영골 양반한테 책 읽는 방법을 조금 배운 터라 뜻은 알든 말든 내 딴엔 적당하게 억양을 써가며 읽어 대면, 때론 즐길 대목을 애상조로 읽는 실수를 하여 아차 싶은데, 어른들은 도리어 이것을 신기하게 여겨 잘 읽는다고 추켜세워 주었다. 슬픈 대목을 청승맞게 읽노라면 방 안은 쥐 죽은 듯 숨소리도 들리지 않는다. 그에 옷고름을 적시고 만다. 이래서 미영골 양반 버금가는 이야기책꾼이 되고 말았다.

흔행이 양반은 암기력만큼은 아무도 따를 사람이 없는 천재였다. 외할머니와 전주 최씨 동성동본이라 해서 누님 동생이 되고 어머니는 오라버니라고 불렀다.

"하나씨, 할머니까 놀러 오시래요. 술도 받어다 노앗시라우."

"장순아, 이야기책 읽어 돌라고 허는 것이지야."

"그라라우, 하나씨 어서 갑시대요.'"

그 할아버지는 토시짝을 가만가만 돌리면서 춘향전을 읽어 가신다. 눈을 지그시 감으시고 고개를 모로 흔들기도 하고, 까딱대기도 하고, 손을 내젓다가 위아래로 휘젓는가 하면 방바닥을 탁치기도 한다. 나는 춘향전을 펼쳐 들고 할아버지가 외워 대는 대로 속으로만 읽어 내린다. 틀리는가 싶으면

"장순아 이 대목 안 틀렸냐?"

"예, 쬐꼼 틀렸구만이라우."

"누님, 틀린 대목 다시 읽을깨라우?'"

이러시면 외할머니는

"동상, 갠찮히여 그대로 읽소."

"오라버니, 개찮탕개라우. 그런디 쬐께 쉬었다 읽지라우."

어머니가 모서리 떨어진 상에다 시금털털한 김치에 우거지 같은 싱건지로 술상을 차려 오면,

"누님 먼저 한 잔 드시지라우."

"그럴까, 쬐금만 주어.'"

"자, 동상도 한 잔 히여."

싱건지는 어머니와 내가 먹었다. 할머니는 할아버지 곰방대에 담배를 담아 호롱불에 대고 쭉 빨아 불을 붙여

"동상, 담배 먹어."

건네주고 할머니도 한 대 피운다. 여자가 술 마시고 담배 피우는 것은 상것들이나 하는 짓이었어도 양반집 늙은이들 가운데 과부로 늙은 사람은 술도 조금은 마시고 담배도 피웠다.

"동상 자네가 배웠으면 큰사람 되었을 틴디, 참 아깝네 원수놈의 가난이네."

"글씨라우, 아들 자식 한 놈이라도 있으면 소매 동냥이라도 히서 보통학교는 갈칠 것인디⋯⋯. 이것 딸 새끼 한 개도 없응개 어터께 허지라우. 그리도 누님은 갠찮으시라우. 외손자라도 장순이가 있지 안 그라우."

"그리어 내가 저놈이 없으면 지금까지 살아 있겠능가. 저놈 잘되는 것 보고 죽어야 할 것인디, 동상 너무 슬어 말소, 우리가 살아 있을 때 자식 손자 찾는 것이지 눈 감으면 그만 아닝가."

"예, 그러지라우 누님. 이런 소리 그만허구 동상 책 소리 들으시기라우."

할아버지는 토시짝을 돌리신다. 나는 어느덧 깊은 잠에 빠져 버린다. 오줌이 마렵다. 더듬더듬 요강을 더듬어 오줌을 쌌다.

"장순아 이놈, 할머니 대가리에다 오줌 싸느냐?"

할아버지 말소리가 들린다. 외할머니는 그저 좋아서

"게 요강 단지다, 어찌 똥은 안 싼냐?"

내 볼기짝을 살짝 때린다. 아침, 잠에서 깨어나면 동녘 하늘 해는 여남의 뼘으로 솟아 있다. 할아버지는 심청전 한 권도 거뜬이 암송하셨다.

밤샘하여 도박으로 돈 잃고도 아침에 개똥 줍는 사람은 밥 먹고 살 사람이라 했다. 당시 줄포에 송재성 씨와 은성무 씨던가 하여튼, 유산 암모니아 비료 장사가 두 집 있었는데 한 집에서 1원 10전 받으면 저 집서는 1원 5전, 이 집서는 1원 이런 식으로 경쟁이 붙어 보통 5전에서 10전까지 왔다 갔다 한 일이 있었다. 농민들은 주로 인분뇨와 퇴비로 농사를 짓고 금비金肥는 조미료 쓰듯 하였으니 인분뇨가 바로 비료였다. 이웃집에서 모시 쩨다가도 외할머니께서는 집에 오셔서 용변을 보시고 집 밖에서 배변을 하게 되면 가랑잎에 싸 가지고 와서 소매황에 넣었다. '제 똥 3년 안 먹으면 죽는다'는 말은 인분뇨로 곡식을 가꾸어야 한다는 뜻인데 어른들은 이 말을 곧잘 썼다. 내가 보통학교 다닐 때 반 질통씩 담아서 숨이 칵 막히는 여름철 고추밭에 통소매를 내기도 했다.

미영골 양반은 밥 먹고 용변하는 시간을 빼고는 손발을 가만 두지 못하는 성미였다. 낮엔 품 팔고 달밤엔 나래 엮어 초가지붕 이고 울타리를 한다. 미영골떡(댁)은 보리 베어 점심 저녁 먹으러 올 때 몇 다발씩 머리에 이고 오고 미영골 양반이 새벽부터 지게

로 져 나른다. 통소매도 대개는 식전 작업으로 한다. 미영골 양반
내외간의 작업량은 보통 사람 네 몫을 해내니 주로 남의 일로 품
삯을 버는 게 생계 수단이다. 남들이 어칠비칠 노는 농한기에도
부잣집에 방아 찧어 주고 빨래질 바느질 등, 이분 내외는 노는 날
이 없다. 미영골 양반네 집엔 짚신이 수두룩하게 쌓여 있어 동네
사람들이 꾸어 가기 일쑤다. 나락 섬을 지고 끄덕끄덕 앞서 가면

"미영골 양반, 어쩌면 그렇게 힘이 시당그라우."

젊은이가 수작을 걸면

"이놈아, 내가 힘이 세냐 팔자가 세지."

곧잘 농담으로 넘긴다.

"이놈덜아 힘 두었다 어데다 쓸라고 그러냐."

끄덕끄덕 가기만 한다. 도대체 이분은 일만 할려고 태어났는
지 모를 일이다. 젊은놈들이 싸우면,

"요놈의 새끼덜 먼 쌈이어."

한 놈 팔목 잡어 저—쪽으로 밀어붙이고 또 한 놈 멱살 잡고 이
쪽으로 휙 돌리면 나동그라져 싸움이 끝났다. 유두 칠석 놀이 깽
매기를 멋들어지게 치고 장구는 얼마나 잘 치는지, 미영골 양반
빠지면 굿놀이가 싱거워진다. 장구 칠 때의 몸놀림은 기가 막힐
지경이다. 쩔뚝거리는 한쪽 다리 놀림이 도리어 조화를 이뤄 침
을 질질 흘리게 만든다. 육자배기를 뽑으면 어깨춤이 절로 난다.

"모레 보리 비어주실랑그라우."

"보리뿐이여 나락도 비어 주지."

김 매어 달라면 타작은 않느냐, 진지 잡수셨는그라우 인사말에 안 먹었으면 밥 줄라간디, 술 한 잔 잡수실랑그라우 하면 안 주어서 못 먹고 없어서 못 먹는다 하고 농담으로 응대해도 어색치 않고 운치마저 풍겨 누구에게나 호감을 준다.

장날만 되면 가뭄에 물 품어 달라고 애걸하든, 보리 모개 싹이 나니 보리타작을 해 달라고 졸라 대든, 지주가 명령조로 말을 하면 안 듣는다. 동네 초상이 나도 아랑곳없다. 등지기 잠뱅이에 구럭을 메고 볼 일 없는 장, 할 일 없이 장 보러 간다. 오일장이니 장 보러 가기 위해 나흘간 열심히 일하는가 보다. 베쌈지 속에 돈이 두둑이 들어 있는 것도 아니다. 실컷 장본다는 것이 마른 명태 몇 마리, 때론 생것 몇 마리나 미역가닥이 구럭을 차지한다. 그래도 순이에게 줄 엿가락이나 눈깔사탕하고 양잿물은 빠지질 않는다.

미영골떡이

"요것 살라고 장 보로 갔오. 요것 사는디 하리 해 걸렸능그라우."

할라치면,

"실은 말이어, 그렁 것이 아니라, 삼양사 매가리깐(도정공장) 가는디 말이어, 명월관이라고 허는 2층집 기상집이 있는디, 비어 먹어도 비링내 안 나는 기상년들이 있어. 고년덜허고 술 한 잔 먹노라고 늦었구만."

"오매, 등지기 잠뱅이도 기상년들이 받아 줍디여."

"이런 사람 좀 밧나. 고년덜이 날 보고 미치드랑개. 내 노래 소리에 미쳐각고 오짐을 질질 깔기는디, 아마 한 요강은 되었을 것이네."

"술값은 어찌 허구라우."

"괴양이 뿔나면 준다고 혔지."

"신소리 그만 좀 허시오."

"내가 신 서방네 집서 머심 안 살었능가."

하여간 이들은 내외간 싸움을 모르고 늙어 가는 집이다. 미영골 떡이 화를 내다가도 끝내 웃고 만다. 미영골 양반의 장보기는 대대 이러하다. 닭전도 기웃, 쇠전에서는 장대 채운 대각(황소)도 물끄러미 쳐다보고, 어미 소와 함께 끌려온 송아지가 젖을 쭉쭉 빨아 대면 멍하니 바라본다. 갑사 댕기 모본단 조끼전이며 생선전 고기전, 장바닥에 늘어놓은 갖가지 물건을 신기한 듯, 정신을 홀린 듯이 물끄러미 쳐다보며 중얼거리기도 하고 고개를 까딱거리기도 한다.

저쪽 일본인 아오끼 양조장 울 밖 구석에 40대 거무테테한 낯짝에 미영메 두루마기 차림의 심지노름꾼이

"말 안 허면 우리 아부지, 말 허면 깨구락지."

입에 거품을 물고 떠벌여 댄다. 여남 개 종이 심지 속에 매듭진 심지 한 개가 섞여 있다. 심지를 들고 서서 매듭 심지를 이 사이

저 사이로 바꿔 놓는데 장님 아닌 담에야 그까짓 것 찾기란 누워서 떡먹기다.

"자 5전이면 10전, 10전이면 20전, 20전이면 40전이요, 50전이면 1원. 뽑아 바요, 뽑아 바. 잃으면 오락이요, 따먼은 재수보기, 구경만 허는 놈은 시러배 자식, 돈 따는 사람은 양반이요. 엊저녁에 용꿈 꾼 사람 한 번 뽑아 바요."

코앞에 쑥 내민다. 둘러 서 있는 촌내기. 조끼 주머니를 만지작거린다. 요놈의 것 한번 히볼끄나, 잃으면 어쩐당가. 그런디 말이어 저놈이 맺힌 놈이구만, 저그 저놈 말이어. 쌈지 속에서 5전 짜리 동전 한 닢을 꺼내 왼손에 꼭 쥐고 노려본다.

"자 장난 삼어 한번 뽑아 바요. 남자는 봇짱(배짱). 봇짱 있으면 우리 동네 구장 해요. 봇짱 크면 면장도 헙니다. 봇짱 없는 놈 반장도 못혀요."

이 녀석 은근히 약을 올려 댄다. 심지를 살짝 섞는다. 옳지, 내가 고까짓 것 못 뽑을까. 심지를 쑥 뽑는다.

"이거 멋이대어. 꼭 고놈을 뽑았는디, 얼래 참 이상히야, 에이 작것 또 한 번 히보자."

미영골 양반은 혀를 끌끌 찬다. "정신보따리 빠진 놈덜." 하고 욕을 해댄다.

쪼로록 뱃속에서 창자가 운다. 뭣인가, 요기 좀 해야겠다. 수염이 댓자라도 먹어야 양반이라고 하더라만, 수염이 한 치든 두 치든 창자 속에 뭣 좀 넣어 주어야겠다. 한참 망설이던 미영골 양반이 다다른 곳은 결국 술청이 되고 만다. 판대기에 국 한 투가리와 한 사발의 막걸리가 놓여진다. 모여 앉은 패들, 후루룩 후루룩 국 마시는 소리가 소란스럽다.

　"여보, 아짐씨 고기는 미역만 감고 되야지막으로 도망갔오."

　"아이고, 저 양반 좀 바, 막걸리 한 사발 먹음서 투정허네."

　"멋이라우, 아짐씨가 내 뱃속에 들어갔다 왔소. 한 사발 먹을지, 한 동우 먹을지 어찌 아능그라우."

　주모는 창자 두어 점을 넣어 준다.

　모퉁이로 가 본다. 요지통을 보는 사람이 모여 있다. 1전으로 경성이고 남대문 남산을 본다고 소래기를 질러 대니 어찌 안볼 것인가. 1전을 주고 요지통 구멍에 총장이 총 쏘는 시늉으로 왼쪽 눈을 감고 오른쪽 눈을 대고 쳐다봉개, 어매, 저것이 남대문이란 것이고 한강 다리랑가. 야 이놈아 가만 자빠졌어.

　"예 여기는 남대문이요, 남대문 문턱이 대추나문지 솔나문지 두 눈꾸먹으로 잘 보시오."

　미영골 양반이 한참 정신 잃고 요지통을 들여다 볼 때 떠들어 대는 연사의 귀찮은 소리. 경성 구경을 했겠다, 책전으로 간 미영골 양반. 이것저것 뒤적거리니 책 장수가 좋아할 일이 없을 것은 두말할 것도 없다.

　"여보 책 달어징개, 그만 보시오."

"어허 이사람, 나를 몰라보능 것 봉개 솔찬히 무식헌 사람이구만. 당신 능라도전 있소."

"여기 있잔소."

"얼매요."

"10전이오."

'멋이여 내가 주는 것이 값이여, 자 8전 받어."

이야기책을 구럭에 넣는데

"여보게 성돌이."

점잔을 빼는 최 생원의 목소리가 들린다.

"어르신네 장에 오셨어라우."

"성돌이 이리와."

술청으로 끌고 가서는

"주모 거 고기 좀 허고 술 허구 이 사람 먹을 만치 주소."

하고는 가 버린다. 주는데 안 먹어, 양껏 먹는다.

'어허 저놈의 노랭이 내가 자기집 일 꾀 안 부리고 잘 해주니 술 받아 주는 거지. 암, 그렇고 말고.'

그러나 저러나 인제 내 세상이다. 인제, 괭이벳_{대장간에서 만든} _{괭이틀의 쇠에 구부러진 나무자루를 박은 괭이}는 사람의 발목을 닮음 돌아보자. 미영골 양반의 입에서는 노래가 흘러나온다.

"어떤 사람 팔자 조아 고대광실 높은 집서 호의호식 잘사는디, 이놈 팔자 기박히여 집구석은 기딱지요, 먹는 것은 꽁보리밥, 걸

친 것은 미영베라. 부모 덕도 못 타고, 사주팔자 못 탔으니 그 누구를 탓할 거냐, 가난혀면 어떡커고 못먹으면 어쩐당가. 조상 탓 허지 말고 사주팔자 한탄 말고, 그럭저럭 살아보자.”

　어허 취한다. 그런디 말이여, 큰 자식놈 머심사리, 작은자식도 머심이지, 나는 머심 안 살었당가. 제-미, ×헐놈의 팔자 참, 팔자 드럽게도 탓당개.

1984년, 〈삶의 문학〉 6호, 동녘

225

신언서판身言書判

수염을 깎거나 머리 빗질을 하려면 좋건 싫건 거울에 내 얼굴을 비춰야 하고, 그럴 때마다 '신언서판'이라는 말을 되새기며 곰곰 생각해 보는 버릇이 있다.

첫째, 체모가 용렬하여 의용儀容을 찾아낼 곳이 없고 이마에서부터 턱과 목덜미까지 주욱 훑어봐도 장자長者다운 풍모는커녕 지지리 못나게만 생긴 품새뿐이다. 사람은 제 얼굴을 뜯어먹고 산다는 말이 있고, 길흉화복이 얼굴에 그려져 있다 하는데 내가 아무리 좋게 보려 해도 별 볼일 없는 몰골이다.

둘째, 말을 할 줄 모른다. 예순네 살이 된 오늘에 이르기까지 강연이랍시고 단 한 번 해 봤는데 얼마만큼이나 서툴렀던지 지금 생각만 해도 얼굴이 화끈 달아오른다. 좌담회라는 것은 많이 가져 봤지만 이것 또한 모두 엉망진창이었다. 말로 천 냥 빚 갚는다는데 천 냥은 고사하고 한 냥 빚 갚을 만한 말주변조차 없다.

셋째, 글은 어떤가. 남들은 칼럼이니 콩트니 에세이 등을 잘 도 쓰는데(소설이나 시 따위는 생각조차 못 할 일이고) 중학생 작문도 따를 수 없는 나의 글재주를 한스럽게 여길 뿐만 아니라 부끄럽기까지 하다. 얼굴은 다시 보기 좋게 만들 수 없고 태어난 그대로를 간직할 수밖에 없겠지만 글은 선천적인 재질이 없더라도 노력에 따라서는 어느 정도 흉내는 낼 것인즉, 이것은 나의 각고분려刻苦奮勵의 근기根氣의 부족함을 탓하지 않을 수 없다. 마음의 나사못을 단단히 죄어야 하겠다. 팔십 고령에 글을 써서 책을 펴내는 선배의 본을 받아야 하고, 우편집배원이 85년 동아일보 신춘문예 시조 부문에 당당히 입선했고, 최근 시조집을 펴내는 그 숭고한 정신을 타산지석으로 삼아 정진해야겠다는 결의를 다시 한 번 다짐하련다.

넷째, '판'인데, 판단력이 흐려 사물을 다루는 데 있어 무엇 하나 시원스레 매듭지어 본 일이 없고 보매 철이 덜 든 것만 같다. 어쩌면 신언서판 중에서 판단력이야말로 가장 큰 비중을 점하는 것이라 생각된다.

이상과 같이 네 가지 명제를 이모저모로 따져 볼 때 나는 완전한 낙제생이다. 사전에는 '남자가 갖추어야 할 의용儀容, 언론, 문필, 판단의 네 조건'이라 했고, 자전을 보니 '당대唐代에 관리등용의 표준이 된 체모體貌, 언사言辭, 서법書法, 문리文理의 네 가지'라

풀이 되어 있다.

　신언서판은 과학 문명이 고도로 발달된 오늘날에 있어서도 들어맞는 말이며 인류 사회가 존속하는 날까지 인간 측정의 바로미터가 될 것임에 틀림없을 거라 할 것이다. 그러나 양약도 잘못 쓰면 독약이 될 수도 있고 독약도 잘만 쓰면 양약이 되는 법이고 보니 삐뚤어진 신언서판의 한 단면을 잠깐 비춰 볼까 한다.

신身

　변산 호랑이가 물어 가면 석 달 열흘 뜯을 만큼 큰 덩치에다 늠름한 풍채에 일단 압도된다. 그 앞에서는 오금이 저려 말이 더듬어진다. 그래서 사람은 풍신이 좋아야 한다는 것인데 조금씩 베일이 벗겨지면서 팔랑개비처럼 가볍게 군다는 것을 알아차리고서 물불은 송장이라고 이름 짓는다. 육 척 장신 훤칠한 키에 장군감으로 빼어 박은 위인이 구정물통에 호박씨 놀 듯함을 일컬어 키 크고 속없다 하고, 개 죽사발 핥은 것처럼 매끈한 용모를 갖춘 것과는 정반대로 빛 좋은 개살구 짓을 해 대는 자는 '상부뚜껑'이라 하지 않는가. 비록 체모는 보잘것없어도 인간다운 행동을 하려고 노력하는 사람, 진실되게 살아가는 사람이 바람직스럽기만 하다. '면상이불여심상面相而不如心相'이라는 말은 마음가짐의 정도(正道)를 일깨워 주는 명언이 아닐 수 없다.

언言

흉중에 비수를 품고 세 치 혓바닥에 사탕발림으로 나불거리는 뱀족. 온갖 간지奸智를 총동원하여 침방울을 튕겨 가며 면전에서 칭찬하는 아첨배. 얼음에 배 밀 듯 상대방의 오장육부를 뒤흔들어 송두리째 끄집어내는 사기꾼. 사슴을 가리켜 말이라 우겨대는 '지록위마형指鹿爲馬型'. 콩으로 메주 쑤다 팥으로 메주 쑤는 장난꾼. 아침저녁으로 학설을 뒤바꾸는 사이비 학자. 사람 잡아먹는 호랑이를 자기 집 고양이처럼 친근한 동물로 만들어 놓고 동물원 호랑이 우리에는 잡아 먹힐까 무서워서 못 들어가는 엉터리 학자. 선거 때마다 공수표를 남발하는 국회의원 입후보자의 거짓말. 잘된 일은 모두 자기의 힘이라고 내세우는 국회의원의 생색백출生色百出의 공치사. 이런 '언'을 쓰려면 밑도 끝도 없을 터인즉 이 정도로 해 두는 게 좋을 것 같고, 배고프면 밥 달라, 목마를 때 물 주기를 바라는 어린이의 천진스런 말이 도리어 '언'일 것이라 여겨지고, 컬컬할 때 막걸리를 청하고 자기 생일이나 선영에 제사 지낸 다음 날 아침 해장 한 잔 하러 오라는 말이라든지 우리 집 모 심으니 점심 먹으러 오라는 아낙네의 말 같은 것이 정작 가식 없는 진실된 '언'일 것이다.

서書

글 쓰는 많은 인사 가운데는 경세제국經世濟國의 우국지사도 있고 심금을 울려 주는 감명 깊은 글을 쓰는 분도 많고, 자자손손 물려주고 싶은 주옥 같은 글을 쓰는 분이 있어 경의를 표하지 않을 수 없다. 이런 분들의 글이야말로 바다와 산이 마르고 닳도록 길이 간직해야겠고 아무리 예찬하려 해도 거기에 들어맞는 어휘를 찾지 못함이 아쉽기만 할 뿐이다. '인생은 짧고 예술은 길다'는 말로써 얼버무릴 수밖에 없겠다. 그런데 곡학아세의 부류, 사이비 글쟁이가 우리 주변에 독버섯처럼 도사리고 있다는 데 문제가 있다. 그네들의 글이 우리네 무식층을 오도함으로써 인생의 불행은 싹트는 것이다. 양식도 양심도 헌신짝처럼 저버리고 붓대를 구부리는 곡필, 그들은 결과를 생각함이 없이 자기 본위의 안일한 방편으로 종이를 메꾸는지는 모르겠으나 다시 한 번 재고해야 할 것이다. 일정 말기 비록 타의에 의해서, 강압에 못 이겨, 본의 아닌 곡필로 해서 조국 해방 후 매도당한 기억이 생생하지 않은가! 글이란 잘못 쓰면 마치 칼이 살생의 도구가 되고 불씨가 화재를 일으킴과 같다는 것을 생각할 때 똥구멍으로 호박씨 까는 식이거나 선악과 정사正邪를 혼동하는 따위의 글은 쓰지 말아야 할 것이다. '이야기는 거짓이 있어도 노래는 거짓이 없다'라는 말을 '이야기와 노래는 거짓이 있어도 글은 거짓이 없다'로 바꿔 보는 슬기를 간직해 보지 않으려나.

굳이 고대사를 들먹일 것도 없다. 제1차 세계대전은 이탈리아의 무솔리니, 독일의 히틀러, 일본 군벌의 판단 착오에 기인했음은 누구나 다 아는 일이고, 자유당 선거 장관으로 등장했던 최인규 내무장관이 '공무원은 대통령 선거에 적극적인 선거운동을 하라'는 전무후무한 공언을 한 것도 판단 착오요, 3인조, 5인조의 3·15 부정 선거 또한 판단의 잘못이 아닐 수 없다. 지도자의 잘못된 판단은 한 나라를 망치고 세계사와 세계 지도를 바꿔 놓는 결과를 가져온다는 것을 생각할 때 신중히 다뤄야 할 일이 아닐 수 없다.

촌로의 '신언서판' 쯤이야 이래도 좋고 저래도 무방할진대 애써 신경 쓸 일도 아니기 때문에 그저 진실 되고 성실하게 남은 생을 보내면 그뿐 아니랴 싶어 마음 편하기만 하다.

1985년, 〈삶의 문학〉 7호, 동녘

일모작 모내기 철을 보내고

아침마다 쑥꾹새 울어 예고, 가끔씩은 푸드득 날면서 꿩꿩대는 꿩 울음도 들리고, 꾀꼬리는 지칠 줄 모르고 곱디고운 노래를 신나게 불러 댄다. 날씨는 한없이 가물어도 녹음방초 흐드러지고 밤꽃도 활짝 피었다. '닷새에 바람 불고 열흘에 비 내려야[五日一風十日一雨] 우순풍조雨順風調'라는 건데 지난달 13일 51㎜의 비를 마지막으로 저번 7일 병아리 오줌만큼 6㎜가 내렸을 뿐 오늘까지 꼬박 31일째로 지독스럽게 가물기만 하다.

밤이슬을 맞은 고추, 참깨, 담배는 아침에 생기를 띠다가도 뙤약볕 내리쪼이는 낮에는 자울자울 낮잠을 잔다. 늦심은 참깨는 싹이 돋지 않고 가뭄에 콩 나듯 한다는 말처럼 콩밭은 늙은이 이빨 빠진 듯했다. 정말 안쓰럽기만 하다.

재 너머 박첨지 아래턱 까불어 대는 것은 텃논 팔아먹을 징조요, 봄비 잦으면 가물 조짐이라 예로부터 전해 오는 터라 금년 봄엔 귀찮을 만큼 쏟아져 춘수만사택春水滿四澤으로, 일모작 모내기 논은 모두 물갈이를 했다.

지하수 개발이 보편화되어서 논물 걱정만은 면하여 개구리 운동장 구실은 하지만 벼 포기가 활짝 풀리지 않는다. 하늘에서 주는 물로 신진대사를 해야 하는 것이 농작물이다.

이제는 일모작 모내기도 끝나고 이모작 모내기 철로 접어들었다. 이 근처는 논보리(밭보리는 아주 드묾)가 드물지만 상서上西 들판과 곰소 쪽에는 더러 논보리가 있어 보리 베기와 물 품기가 한창이고 현장 탈곡한 보릿대 태우는 연기가 자욱하다.

금년 일모작 모내기 삯은 작년보다 천 원이 오른, 남녀 똑같이 칠천 원을 주고 두 번의 뗏거리와 점심을 접대하고 고급의 찬으로 대접해야 하므로 주인으로서는 만 원 돈이 든다.

농촌 인구가 가속적으로 감소 현상을 빚어 작업단을 짜기가 아주 어렵게 되어 두세 동네가 어울려서 남자 대여섯에 여자 이삼십 명으로 조직하고, 작업단장의 요란스런 호루라기 소리에 아침 여섯 시쯤엔 작업장에 나가서 황혼이 깔릴 무렵에야 일손을 놓는데 하루 만 원에서 만이천 원의 수입을 올리기도 한다. 뗏거리나 점심 대접하는 것은 작업단도 마찬가지이나 놉 얻기가 어려우니 중농 정도만 돼도 작업단을 이용하는데 오구식(다섯 치에 아홉 치로 심기)은 한 마지기에 만 이천 원, 육구식(여섯 치에 아홉 치로 심기)은 만 원이다. 모찌기 작업은 남녀 함께하고 남정네 둘은 못줄을 잡고(한 사람은 반드시 작업단장이 낌) 서넛 남정네는 못자리 고를 파고 나서 시간이 남을 때면 이웃 논의 모찌기를 하며, 모심기는 아낙네들이 도맡는데 돈 버는 욕심으로 눈을 팔거나 게으름 피우는 일이 없이 죽을 둥 살 둥 정신없이 일을 해대니까 자신 없는 아낙네는 아예 작업단에 들지 않고 칠천 원짜리 날일을 다닌다.

모심기에 서투른 장년층 아낙네와 힘이 부친 안노인네들은 새벽밥을 부엌에 쪼그리고 앉은 채 먹는 둥 마는 둥 하고 도시락을 싸 들고 트럭을 탄다. 십 리 이십 리는 보통이고 때로는 사십 리 밖 원거리까지도 트럭 가득히 실려 가고 오는데, 대개 참깨 심기, 땅콩 밭 제초 작업, 채소 수확 등이고, 오전 오후 100원 짜리 빵 한 개에 요구르트 한 개를 얻어먹고 품삯은 오천 원을 받는다.

모내기 철이 퍽이나 앞당겨졌다. 통일벼 계통이 보급되면서 일반 벼도 일찍 심게 된 것이다. 농민기념일(권농일)이 대개 6월 15일경이었던 것이 1960년경부터 1972년까지는 6월 10일, 1973년부터 1980년까지는 미상, 1981년에는 6월 6일, 1982년은 6월 5일, 1983년은 6월 4일로 앞당겨졌고, 작년에는 6월 2일이던 것이 금년에는 6월 1일로 변경되었다. 이런 추세로 간다면 불원간 권농일이 5월 달에 자리 잡을 전망이 크다.

하지 전 닷새 후 닷새(하지는 6월 21일경)를 일반 벼 이앙 적기로 쳤던 것이 이제는 옛말이 되었고, 잦은 이상 기온으로 출수기 냉

해 피해를 피하기 위하여 시기를 앞당기게 되었다.

반세기 전만 해도 '대자연의 법칙에 따르라'는 말이 절대적인 명제이던 것이 이제는 '자연을 보호하자'라는 말과 함께 '자연을 극복하자'는 슬로건으로 바뀌어 영농 형태도 괄목할 만큼 탈바꿈되어 가고 있는 가운데 농약 없는 농사 방법만은 개발되지 못함이 아쉽다.

고추밭과 깨 밭에 벌써 너덧 번 농약을 쳤는데 앞으로도 최소한 그 이상으로 살포해야 하니 말이다.

1985년, 〈삶의 문학〉 7호, 동녘

233

234

이 글은 〈새농민〉 95년 8월호에 실린 인터뷰 기사로 백연선 기자가 정리한 것을 옮기면서 명백히 오류가 나타난 부분만 손질했고, 기자가 구술한 원로 농민의 입말을 살리기 위해 말하는 단위로 띄어쓰기를 한 것이나 사투리 등은 그대로 두었으며, 이 기사의 주인공인 김장순 씨와 그가 살았던 줄포에 대해 쓴 신경림 시인의 시를 첨부해 독자들의 이해를 돕도록 했다.

폐항

- 줄포에서

신경림

멀리 뻗어나간 개펄에서
어부 둘이 걸어오고 있다
부서진 배 뒤로 저녁놀이 발갛다
갈대밭 위로 가마귀가 난다

오늘도 고향을 떠나는 집이 다섯

235

서류를 만들면서
늙은 대서사는 서글프다
거리엔 찬바람만이 불고 이젠
고기 비린내는 없다

떠나고 버려지고 잃어지고……
그 희뿌연 폐항 위로 가마귀가 난다

- 시집《달넘세(1985)》에서

착한 사람이 아니고는
농사짓덜 못 해요

이전의 줄포는 아주 유명한 항구였지. 지금은 토사가 밀려 폐항되아 부렀지. 옛날의 줄포가 인제는 울포가 되아 부렀어. 운다고 울포. 전라도에서 돈 잡을려면 줄래로 가라는 말이 있어. 그전에 여기가 줄래여. 지금도 나이 많이 잡수신 분들 입에서는 줄래라는 소리가 나오지. 예전엔 여기도 바다였는디 어느 때 여기가 육지가 된 것은 모르겠고.

조금 나가면 신기동 부락이라고 있어요. 조그만 들판. 신기란 새터라는 뜻이지. 100여 년 전에는 거기 토방에 앉어서 바닷물에다 발을 잠그고 애들이 툼벙툼벙 놀았다는 소리를 들었어. 그것으로 옛날에는 이곳이 바다라는 것이 증명이 되고. 또 내가 이 앞뜰에서 농사를 수십 년을 지었는디. 아부난 뜰이라고 하는디. 가뭄이 오래 가며는 멧방석 하나 정도 빨가니 베가 탑니다.

그리고 간이 돋아요. 허끗허끗하니 소금기가 돋는다 이말이여. 고것이 한 두서너 개가 있었어요. 그것이 뭣이냐, 서뚱리라고 봐야 혀. 바다 건너 서뚱이 여러 개 있었습니다. 서뚱이라는 것은 큰 구덩이를 파가지고, 깊게 파요. 거기다 나무들을 채근채근 쟁이고. 또 솔가지를 쟁이고 그렇게 여러 층을 내. 꽤 넓은 면적을. 그래 가지고 인제 쟁기로 그 근방 바다를 다 갈아요. 그놈을 써뚱에다 갖다 놓고는 바닷물을 길어다 막 부서. 그러면 그것이 여과가 되지. 그 물을 큰 가마솥에다 넣고 오랫동안 불을 때면 그놈이 소금이 되어. 서뚱이 그래서 필요한 것인디. 여기에 서뚱이 있었다는 것이 증명이 되어. 그러면 인제 바다라는 것이 증명이 되지. 그것이 백 수 년 전이지. 지금도 가뭄이 오래 가면 논둑에 하얗게 성에가 껴요. 오래가면 그것이 생기지. 한발이 크게 계속될 때 생기는 현상이지.

난 이곳에서 십 리 떨어진 시골에서 태어났어. 목상 부락이라고 하지. 그곳도 줄포면 관내지. 그곳을 떠나 이곳에 온 것은 1947년의 일이야. 5남매 중에 내가 장남인데, 원래가 내가 거서 태어났어. 텃자리. 1922년 생이지. 학교를 내가 보통학교를 나왔어, 여기 줄포. 거글 나와 가지고 그때만 해도 진급하는 학생 수가 한 서너 명뿐이 안 됐어. 아예 진학이란 건 생각도 못 했으니까. 그렁께 아주 어렸을 때 아버지를 일찍 여의고 내가 반 가장 노릇을 했지. 혼자 독학만 혔으니께. 내가 어렸을 적부터 쭉 책을 좋아합니다. 나무 댕길 때도 바작에다 책 꽂아 댕기고, 새 볼 때도 책 보다가 새헌테 베도 많이 빨리고, 그러케 졸업 후에 또 독학을 계속했어요. 농사를 지으면서 말이지.

그때 부안군 시행 '읍면서기 자격시험'이라는 것이 있었어요. 19살 때 응시혀 가지고 6등으로 합격을 했지. 그런데 봉게 전부 상급 학교 졸업생들이 대부분이여. 응시자들이. 그런데 그런 놈들이 대개 미끄러지고. 보통학교 나온 가난한 집 자식이 시험에 합격해 노니 한동안 화제가 돼았지. 그래서 직장 생활하면서도 내 약은 몸에 새벽에 일어나서 또 5리가 넘는 논에 가서 물꼬 보고 출근하고, 지각 한 번 안했지. 그런디 내가 헛바닥은 작아도 침은 멀리 뱉고 싶어서 청운의 꿈이 있었거든. 실은 면 서기 헐라고 공부한 것은 아니여. 그때 '보통문관시험조금 차이가 있지만, 지금의 행정고시에 해당함.'이라는 것이 있었어. 그걸 준비했었어. 그러다가 왜놈들이 대동아 전쟁을 일으켜 가지고 그냥 그 꿈이 좌절되아 부렀지. 면 서기허다 말아 부렀어. 꿈은 그것이 아니었었는디.

그때는 공무원이 아주 박봉이었어요. 동생들은 어렸고, 포돗이 고등학교를 가르쳤지. 여동생은 무학이고. 이것도 저것도 꿈이 다 사그라져 버렸어. 내가 그전부터 글을 조금씩 썼어. 일기도 꾸준히 쓰고. 뭣인가 하여튼 끄적끄적 해 봤지. 그래서 인자는 이것저것 다 치워 버리고 글이나 쓰자. 그것이라도 더 정진하자 그랬지.

어째서 내가 시내로 나왔느냐 그 야기를 해 보지. 해방 직후에 좌우익이 치열하게 대립이 되었었거든. 거기서 또 1947년 3월 22일 내가 살던 동네 옆에서 폭동이 크게 일어났어. '삼이이 폭동 사건'이라고 허지. 순찰 나온 경찰관 셋을 그네들이 잡아가지고 코를 껴서 암거(배수로)에서 죽여 버렸어. 그런 사건이 나니께 내가 무서워서 살 수가 없어. 그래도 나는 다행히 그네들의 표적은 안 되았어. 그네들은 공산 정권이 들어서기를 바라고 있는디 순사나 면서기는 지금 정권에서 월급을 받아먹고 있응께 그 사람들이 보면 적이지. 그러니께 집안 전체가 여그로 이사를 했지. 여그나와 직장은 그대로 다니면서 있다가, 직장 다닐 때도 박봉이니까 먹고 살기가 바빴지. 그래도 한 달에 신간 서적은 꼭 두 권씩, 시시한 것은 시간만 낭비헌께 우량 서적만 골라서 읽었지. 농사는 놉(품꾼) 얻어가지고 졌고 그러다 직장을 그만뒀어. 다녀 봤자 부면장을 할 것이요, 면장을 할 것이요. 줄이 있어야 되지. 그게 없으면 꿈도 꾸지 말아야 혀. 그래 별것 없겠다고 생각하고 서른 맷살돼서 그만뒀어. 결혼은 내가 스물여섯 살 먹던 해, 음력으로 동짓달 스물엿샛날. 우리 누님이 어떤 처녀 하나를 점을 찍어 논 놈이 있어. 얼핏 얼굴을 한 번 본 일이 있지. 그때만 해도 맘에 들고 안 들고가 어딨어. 교제해 가지고 허는 것도 아니고 잉. 신부허고는 6년 차이 났지. 누님이 중신을 해서 결혼을 했는디. 구두는 친구 구두 하나 얻어 신고, 상도 내가 얻으러 다니고. 나는

239

흰 고무신 하나 샀더니 동료 직원 하나가 깜짝 놀래 일평생 한 번 있는 경산데 어떻게 고무신을 신는다냐고. 자기 구두를 벗어 주는데 작아서 혼이 났네. 형편도 여유가 없었고, 되는 대로 있는 대로 자꾸 허욕 내가지고 신기루 잡는 식으로 나는 그런 짓 안해. 그렇게 약식으로 결혼식을 했지. 그 밑으로 6남 1녀를 뒀어.

직장을 그만두고는 인자 살림살이에 더 정신을 차렸지. 그래 가지고 내가 토지도 수월차니 장만하고, 내가 근검절약하고 노력해서. 생활은 궁핍 안 하면 되고, 때만 안 거르면 된다, 그런 신념으로 살았지. 그때 내가 토지가 조금 있었어. 한 2,000평 정도. 임야를 하나 샀어요. 그때만 해도 참 농촌에 땅에 대한 의욕이 없었어. 그런 시댄디 마침 임야 만팔천 평짜리가 하나 나서 그놈을 쌀 열짝을 주고 샀어. 만팔천 평에 쌀 열짝이라면 지금 생각하면 꿈같은 얘기지. 고것 한쪽을 개간을 했어. 개간을 해 가지고 거기다 고추, 콩 등 밭작물을 갈고. 그러다가 그때 양잠이 전국적으로 붐이 났었어. 국책 사업이라고 해도 과언이 아니었지. 그때 대대적으로 장려를 했으니까. 뽕나무는 돈나무라고. 아 그래가지고 크게 붐이 일어났었는디, 양잠이라는 것이 상당히 기술이 필요합니다. 순 무식쟁이는 못 하는 것이여 그게. 어려워. 그것에 착안을 해 가지고. 그때는 전국적으로 장려할 땡게 보조를 많이 해 줄 때야. 양잠을 대대적으로 한번 해 봤어요. 군내에서도 중상위는 됐지, 규모가. 만팔천 평의 반절쯤이다. 밥도 제대로 못 먹고 잠도 제대로 못 잤지. 새벽에 일어나고. 사람은 죽겠다고 욕보지 수입이 읍써. 그렇게 자꾸 투자만 하니께 적자가 납니다. 몇 년 허다가 양잠 붐이 사르라져 버렸지. 중국산이 막 들어오는 판이거든. 그때는 모두 일본으로 수출을 했었는데 수출이 제대로 안 돼. 자꾸 사양길로 접어들었지. 그래서 뽕나무들 모다 막 캐 놓고 그랬어. 그때는, 양잠이 물 건너간 판이야. 그때가 60년대 말쯤 될 것 같아요, 짐작이. 그러니까 정부에서 또 야산 개발 사업을 시행했어. 그걸 강제적으로 개간을 시켰어. 나도 싹 개간을 했지. 양잠은 규모를 줄였지. 나머지 개간 헌데다가 콩이니 고추니 이런 작물을 해 봤어. 일부는 남들도 좀 내 주고. 그러다가 그것이 1978년돈가, 그때가서 내가 처분했어요. 어째서 처분했냐. 전부 고용을 두고 해 봉께 타산이 안 맞어. 거기다 내가 철이 없이 잠실을 크게 또 신축을 했거든. 남의 돈 틀어 가지고. 그렇게 해 놓고 봉께 자금이 막 꺼구러져. 궁해. 헛돈만 내버렸지 인자. 빚이 몽땅 늘어 버렸어. 450만 원 정도. 밤에 잠이 안 옵디다. 빚지고는 잠 못 자는 것이여 잉. 그걸 억지로 파니라고 욕을 보고. 어떻게 포둣이 해 가지고 한 돈 천만 원 받고 팔았어. 그 돈으로 빚을 갚고 낭게 한 오백 남습니다. 오백을 어떻게 할까. 뭣인가 재기를 해야겠는디. 그때 우리 둘째가 대전서 대학 다니며 자취를 할 판이야. 그래 거길 가 봤어. 농촌에 그대로 남아 있냐, 도시로 나가 보느냐 마음이 몇 갈래로 흐트러졌어. 아들놈 자취집 주인을 두어 번 만났는데, 그때 한참 부동산 붐이 일어가지고 그 사람이 그 걸 하고 있더라고. 마음이 움직이데. 시세가 나날이 올라가. 평당 만 원짜리가 보름있다 가 보면 이만 원, 또 한 달쯤 있다 가 보면 삼만 원, 막 뻥 튀기네. 마음이 흔들려. 그런데 막차를 탔어. 상투를 잡아 버렸어. 처음에는 그럭저럭 되는 듯하다가 그래 한번 더 해 보자 했는데 대번 찬바람이 불어. 완전히 버려 부렸어. 거기서 또 자본 까먹어 버렸지. 남은 돈을 다. 그래 다시 내려왔지. 그렇게 지금까지야. 대서소 일은 야산 개간할 때부터니까 몇십 년 되 아요. 대서소 일은 내가 직장을 그만두고 놀고 있을 판인디 읍내에 대서소 한 군데가 있었어. 잘 됩디다 잉. 그래 대서소를 냈지. 돈벌이도 괜찮았지. 대서소 헌다는 것이 아주 공의公義를 위해 한다는 것이 거짓말이고, 수입도 좋고, 나보다 못한 사람들 도와주는 것이 일거양득이다. 다른 장사 허는 것 하고는 근본 취지가 틀려. 모르는 분들 나 아는 대로 깨우쳐도 주고, 어려운 분들 도와도 주고 그런 뜻이 있었지. 그래 대전에서 와 가지고 헐 것이 없어. 그래 요것이나 심심풀이로 하자 했지. 80년부터 다시 시작했어. 그것이 오늘까지 내려옵니다. 지금은 전산화되어서 대서소에서 헐 일이 없어. 6월 들어 한 건도 읍써. 지금은 그저 수입을 보고 있는 것이 아니야. 수입을 본다 그러면 이젠 편안히 구경 다니고, 경로당 가서 놀기도 할 텐디. 내가 경로당 임원이지만 경로당에 가며는 쓸데없는 소리나 하고 화투 치고 돈 따면 술이나 먹고. 경로당이 아니라 도박장이 아닌가 싶어. 그래 회의 때가 아니면 안 가. 그 시간이면 내가 뭣인가 하나 끄적거려 봐야겠다 허지.

나는 실패한 농민이야. 그래서 농사에 대해서는 상당히 회의를 많이 느껴. 더군다나 나는 고용 노동으로 농사를 지었응게 그럭저럭 세월을 보냈지. 그러다 봉게 더 수입이 없고 잉. 자기 힘으로 허는 사람들도 타산이 안 맞아. 제일 불쌍한 것이 농민이여. 비근한 예를 들어 볼까요. 이런 것은 헐 소리가 아닌디. 역대 정권이 전부 관권 선거만 했거든. 국민이 제대로 투표한 것이 아니여. 나는 그러지 농협보고, 우리 농민이 살길은 우리가 깨우치는 일밖에 없다. 우리가 깨우치자. 우리가 대우를 받자. 대우 받는 것은 누가 대우를 해 주느냐. 우리 스스로 대우받게꼬롬 해야 헌다. 권리는 우리가 쟁취하는 것이지 누가 거저 갖다 주는 게 아닝게. 남들은 몰라. 봉투 하나 주면 넘어가고. 막걸리 한 잔 주면 넘어가고. 판단력이 없응게 혹 넘어가 버리고. 모릉게. 요새는 대부분 고등학교를 나온게 그전보다는 많이 좋아졌는데. 지금도 동네에 깨우칠 만한 사람들이 몇씩은 있는데. 그 사람들이 꽉 쥐고 흔들어 버링게. 남들은 죽이 끓는지 장이 끓는지도 모르고 따라가. 이제 농촌은 늙은 사람들의 세대가 바뀌어야 합니다. 머리가 녹슬어 버린 늙은이들이 가고. 머리가 열린 젊은 사람들이 농촌을 이끌고 나가면 상황이 달라질 거야. 여그도 농기계 전부 갖춰 가지고 몇 십 마지기 버는 사람들은 괜찮습니다. 한 동네 몇 씩은

243

농사지어서 힘 잡는 사람들이 있어요. 그런 사람들은 영농에 관한 일가견을 다 가지고 있지. 앞으로는 그렇게 나가야 하고. 지금은 농특세도 신설해 가지고 농촌 부흥시킨다고 한창 요란스럽게 소리는 크게 나는디. 그것이 저수지에서 물이 나올 때는 열 말 물이 흘러오는데, 실지 농촌에 오는 물이 얼매나 쏟아지는지는 난 그걸 잘 모르겠어. 내려오는 물이 다 여기에 온다 하면 좋지. 그들도 헌다고는 허요 잉. 시방 청사진을 내걸고 허는디. 그런데 그 사람들만 나무랄 것도 없는 것이 농사란 회임 기간이 길어. 자본 투자해 돌아오는 회임 기간이 길거든. 그리고 또 소득이 미미혀. 정부에서 그 돈을 딴디다가, 공업에다 투자를 하면 회임 기간도 짧고 소득이 더 높은디. 농업은 원체 소득도 빈약허지. 회임 기간도 길지 헝게, 잘 한다고 해도 나중에 괄목상대한 성과를 기대하기 어렵다고 봅니다. 다만 내 생각에는 농촌 인구가 자꾸 줄어들어야 헌다고 봐. 지금 호미로 농사짓는 시대는 넘어가. 기계화해야 합니다. 지금 미국 같은 경우는 농촌 인구가 4%니 5%니 안 해요. 그렇게까지는 전도요원한 꿈이고. 현재로도 자꾸 정책적으로도 기업농을 육성을 혀야 혀. 그리고 논 몇 마지기, 밭 몇 마지기 하는 사람들은 다 농사에서 손을 떼야 혀. 기업농이 아니고 호미로 농사지어 가지고는 농민도 못 헐 노릇이고, 정부서도 못 헐 일이여. 영세농가는 없어져야 혀. 기업농으로서 이제는 농사를 지으면 돈을 번다, 이런 시기가 돌아와서 농대 출신들, 농업을 연

구한 엘리트들이 농촌에 와서 기여할 수 있는 이런 시대가 돌아왔으면 하는 것이 꿈입니다.

지금 도시 사람들이 농사지으러 다시 오는 사람들이 없습니다. 거의 없다고 봐야죠. 지금은 농촌 와 봤자 희망이 없어. 난 기업농 그것뿐이 없다고 봐요. 영세농 다 없애 버리자. 그렇게 되며는 도시 사람들이 오는 사람도 있을 것이다, 살기 좋으면 와. 왜냐면 도시가 방이 따순게 따순 방으로 다 모입니다. 농촌은 냉방이여. 고드름이 얼어. 뭘라고 냉방으로 와, 따순 방으로 몰리지.

245

❶ 폐항이 된 줄포만에서 과거를 회상하는 김장순
❷ 김장순이 손님과 만나고 글을 쓰던 대서소 사무실

❸ 김장순의 자필 수상록들
❹ 김장순의 가족사진(앞줄 왼쪽부터 4남 지호, 장남 준호, 3남 철수, 2남 영호,
뒷줄 왼쪽부터 아버지 김장순, 5남 성호, 어머니 박예비, 장녀 은정. 6남 시영이
태어나기 전의 가족사진임)
❺ 폐항이 된 줄모항의 모습